KB114680

재벌닷컴
chaebol.com

재벌 닷컴 1

매검향 장편소설

초판 1쇄 찍은 날 § 2017년 10월 25일
초판 1쇄 펴낸 날 § 2017년 11월 1일

지은이 § 매검향
펴낸이 § 서경석

총괄팀장 § 최하나
편집책임 § 이선근
편집 § 김슬기

펴낸곳 § 도서출판 청어람
등록번호 § 제387-1999-000006호
등록일자 § 1999. 5. 31
어람번호 § 제1-2788호

주소 § 경기도 부천시 부일로 483번길 40 서경B/D 3F (우) 14640
전화 § 032-656-4452 팩스 § 032-656-4453
http://www.chungeoram.com
E-mail § chungeorambook@daum.net

ISBN 979-11-04-91502-4 04810
ISBN 979-11-04-91501-7 (세트)

1

매검향 장편소설

FUSION FANTASTIC STORY

재벌닷컴

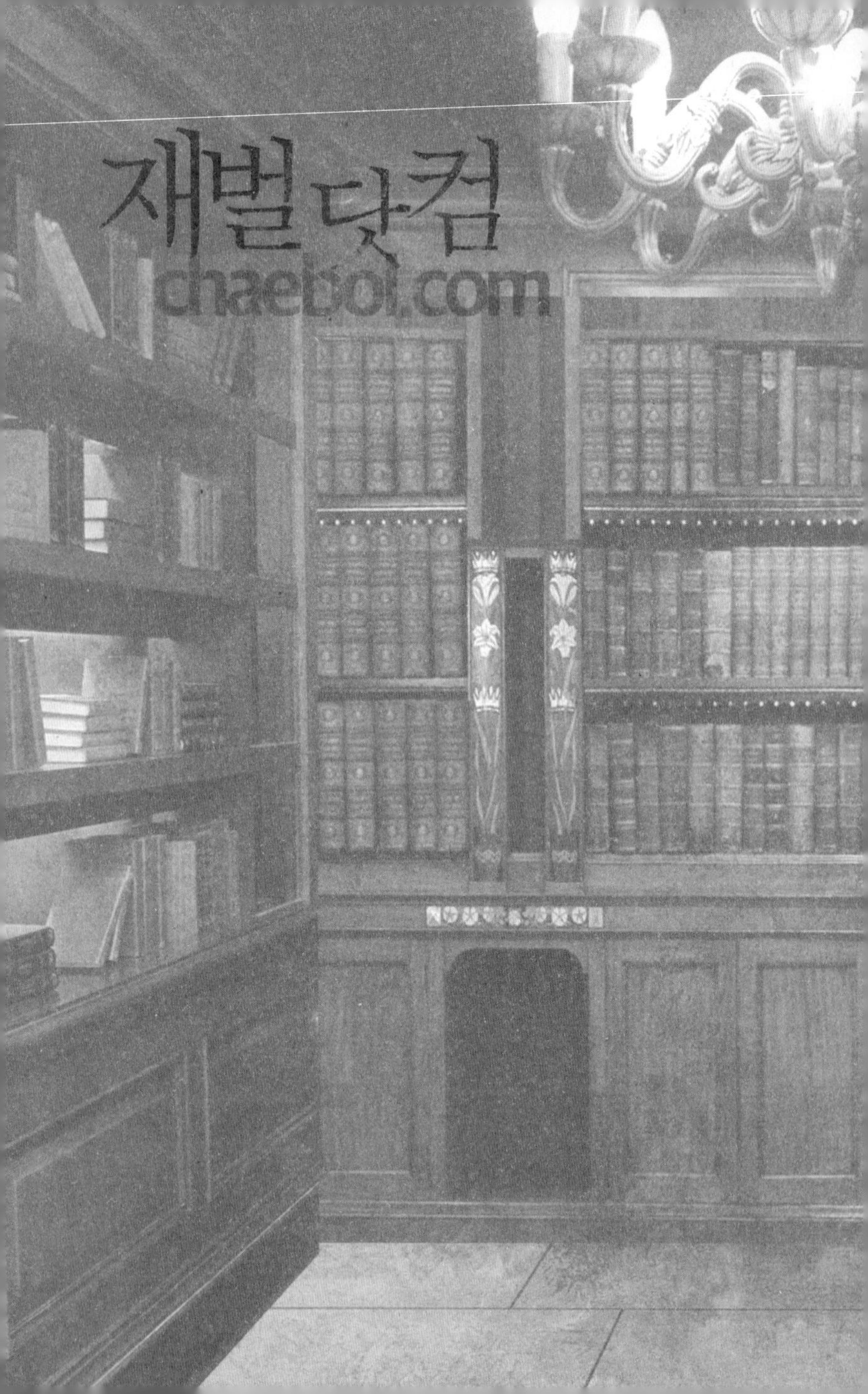

목차

C O N T E N T S

제1장
마담뚜

"김 병장님, 전화 왔습니다."

"어디서?"

"위병소입니다."

사령관 관사를 지키던 위병의 말에 태호는 의아한 생각이 들어 중얼거리듯 말했다.

"오늘은 면회 올 날짜가 아닌데……."

"아무튼 가보십시오."

"알았다."

"그럼, 전 이만."

위병소를 지키던 오 일병이 나가자 태호는 곧 외출복에 군화를 신고 PX 내 면회실로 향했다. 관사를 벗어나자마자 살갗을 파고드는 2월 중순의 바람이 아직은 봄이 멀었다는 것을 실감시켜 주고 있었다.

관사에서 PX까지는 300여 미터의 거리, 잠시 올려다본 하늘은 시리도록 푸르렀다. 그런 하늘에 심술이라도 난 듯 태호는 공연히 땅에 박힌 돌부리를 걷어찼다. 그리고 혼자 투덜거렸다.

"3시를 다 패스한 장덕진 같은 이는 대통령의 처조카사위가 되었는데 나는 뭐야? 매번 들어오는 중매가 졸부들밖에 없으니. 제기랄……!"

다시 한번 땅을 걷어차려던 태호는 무슨 생각에서인지 두 팔을 흔들며 씩씩하게 걷기 시작했다.

눈은 정면에서 위로 15도, 턱은 당기고 두 팔을 흔들며 씩씩하게 걷다 보니 어느덧 위병소에 도착해 있었다. 태호가 다가가자 경계 근무를 서고 있던 장 일병이 거수경례와 함께 큰소리로 인사를 했다.

"충성!"

"누구야?"

"처음 보는 분이었습니다."

"그래?"

태호는 고개를 갸우뚱하며 PX 내 별도로 꾸며진 면회실로 향했다. 곧 면회실에 도착한 태호가 주변을 둘러보는데 말을 걸어오는 여인이 있었다.

"김태호 씨 맞죠?"

"그렇습니다만?"

밍크코트를 걸친 사십 대의 귀부인처럼 생긴 여인의 물음에 답하며 태호가 그쪽으로 걸어가니 그녀 또한 일어나 맞으며 말했다.

"앉으세요."

"초면인데 절 면회 올 이유가 있습니까?"

"호호호! 물론이죠."

별로 웃을 일도 아닌데 호들갑스럽게 웃은 그녀가 재차 태호에게 손짓으로 자리를 권하며 말했다.

"일단 앉아 얘기 좀 하죠."

"그러죠."

고상하게 생긴 그녀의 외모에서 시선을 떼지 않은 채 의자에 앉으며 태호가 물었다.

"무슨 일로 절 보자 하신 겁니까?"

"호호호! 성미도 급하시네요."

말없이 태호가 그녀의 입만 주시하고 있자 그녀는 곧 자신의 핸드백에서 명함 한 장을 꺼내 들었다. 그리고 그것을 태호에게 건네며 말했다.

"내 연락처예요."

태호가 명함은 쳐다보지도 않고 물었다.

"무슨 뜻입니까?"

"이번 주 토요일에 다시 뵐 수 있을까요?"

"이유를 알아야 뵙든지 말든지 하죠."

"사실 저는… 삼원그룹 아시죠?"

"물론 압니다. 우리나라에서 20위 안에 드는 기업인데 모를 리가 있겠습니까?"

"그 그룹 사모님의 지시로 찾아뵙게 된 것이거든요. 좋게 말해 매파이고 속된 말로 뚜쟁이입니다."

"그럼, 그 가문과 저 사이에서 중매하는 것입니까?"

"좀 더 정확히 말하면 그 가문의 셋째 따님입니다."

'흐음……!'

내심 침음하며 잠시 생각에 잠겼던 태호가 다시 물었다.

"이번 주 토요일로 그 날짜를 잡자는 말씀이고요?"

"그렇죠."

"저는 군에 매인 몸입니다."

"외박이 불가능한가요?"

"누가 면회를 오면 가능합니다."

"그렇다면 제가 다시 면회를 오겠습니다. 외박을 나가 그

가문의 사모님을 함께 뵙는 것이지요."

"당사자는요?"

"우선은 사모님이 마음에 드셔야 하지 않겠습니까? 일단 제 관문은 통과한 것이고요."

'흐흠……!'

잠시 생각하던 태호가 답했다.

"좋습니다."

"좋아요!"

호쾌하게 말한 그녀가 다시 핸드백을 뒤적이더니 흰 봉투 하나를 탁자 위에 꺼내놓으며 말했다.

"무엇입니까?"

"약소하지만 제 성의입니다. 통닭이라도 한 마리 사오려 했지만, 그럴 만한 시간적 여유가 없어서 준비한 것이에요."

이 말을 들은 태호가 봉투를 그녀 앞으로 밀어놓으며 말했다.

"받지 않겠습니다."

"부담 갖지 말고 받으세요. 순수한 제 성의니까요."

"그래도 초면의 사람에게 돈을 받는다는 것이 꺼려지는군요."

"세상에 처음부터 알고 지내는 사람 있나요? 또 만나면 구면이 되는 것이죠. 또 누가 면회를 왔다면 졸병들이 한껏 기대를 하고 있을 것 아닌가요? 그러니 아무 부담 갖지 말고 쓰세요. 약소한 돈입니다."

"정 그렇게 말씀하시니 고맙게 받겠습니다."

"호호호! 그래야 진짜 사내답죠."

"고맙습니다."

얼마인지 확인도 않고 흰 봉투를 외투 상의에 집어넣으며 태호가 정중히 감사를 표하는데, 그녀가 다시 한번 교소를 터뜨리며 말했다.

"호호호! 받으시니 저도 기분이 좋네요. 그럼, 이번 주 토요일을 기약하기로 하고 먼저 일어나겠습니다."

"네."

태호도 그녀를 따라 자리에서 일어났다. 그리고 그녀를 면회실 밖까지 배웅을 하고 다시 면회실로 돌아왔다. 곧 태호는 품에서 흰 봉투를 꺼내 안의 내용물을 확인했다. 곧 그의 입에서 감탄사가 튀어나왔다.

"오~! 10만 원씩이나!"

80년대 당시 병장의 월급이 3,800원이었으니, 10만 원이면 군인 신분의 태호로서는 거금이 아닐 수 없었다.

곧 PX로 간 태호는 3,830원 하는 드라이진 한 병과 100원 내지 200원 하는 과자 다섯 봉을 사서 위병소로 왔다. 그리고 위병소 내 근무자에게 그것을 건네주니 그들의 입이 찢어졌다.

다시 PX로 돌아온 태호는 드라이진 한 병과 맛동산, 새우 깡, 초코파이 등을 사서 자신이 근무하고 있는 3군사령관 관사로 돌아왔다.

*　　　　*　　　　*

이날 저녁.

오후 5시가 되자 외박을 나갔던 이등병 지상훈이 돌아왔다. 6월 전역 예정인 자신의 후임으로 들어온 놈이었다.

자신과 공통점이 있다면 바둑을 잘 둔다는 것이었다. 태호가 아마 1급이고 상훈은 아마 2급이었다. 그리고 사령관 계영철 대장은 아마 3급의 실력자였다. 그러니까 사령관의 기호를 감안해 뽑힌 당번병들이라 할 수 있었다.

아무튼 상훈이 가지고 온 후라이드 통닭 한 마리를 앞에 놓고 둘은 지금 마주 앉아 있었다. 물론 둘 앞에는 태호가 낮에 사놓은 드라이진 한 병과 과자 봉지도 널려 있었다.

"들어!"

"네, 김 병장님!"

태호의 종용에 상훈이 고개를 돌려 잔을 비웠다. 태호 역시 잔을 들어 단숨에 비웠다.

"캬……!"

뱉는 태호의 입에서는 역한 송진 냄새가 났다. 무엇을 주정으로 했는지 몰라도 드라이진 증류주에서는 마실 때마다 송진 냄새가 났다. 아직 제조 기술이 부족해 그런 것 같다고 생각하고 있었다.

차마 통닭 대신 새우깡 하나를 안주로 입에 집어넣으며 상훈이 물었다.

"형수님이 면회 온 것입니까?"

"무슨 형수?"

"왜 이러십니까? 두 분이 결혼하는 것 아니십니까?"

"봐야 알아."

"네? 두 분이 오래 사귀었다면서요?"

"오래 사귀면 꼭 결혼해야 하나?"

"그런 건 아니지만 대학교 1학년 때부터 사귀었으면 햇수로 벌써 몇 년입니까?"

"미경이네 가문이 부자였으면 이런 갈등도 없는 것인데……."

"지금 무슨 돈 타령이십니까? 외모도 그만하면 됐고, 머리 좋죠. 몸매는 또 어떻고요?"

"너 지금 침 삼키냐?"

"그럴 리가요? 제가 감히 어찌 청순한 외모에 천사 같은 분께 허튼 욕망을 품겠습니까?"

"그 전에 나한테 맞아 죽지."

"그러니까 언감생심 그런 생각한 적 없습니다. 그나저나 정말 결혼 생각은 없으신 겁니까?"

"아주 없다고 하면 빈말이고 내 야망에 비해 너무 가진 게 없어서……"

"같이 벌면 되죠."

"됐고. 술이나 들자."

이때였다. 갑자기 전화벨이 요란하게 울렸다.

"제가 받겠습니다."

곧 전화기를 집어든 지 이병이 당혹스러운 얼굴로 말했다.

"사령관님 귀대하셨답니다."

"뭐? 내일 바로 출근하시지 않고, 왜 오늘 벌써……."

"전들 압니까?"

"빨리 치워."

"네, 김 병장님!"

둘이 재빨리 술병과 술잔부터 치우고 과자 봉지마저 정리를 하는데, 벌써 현관 밖에서는 사령관의 군화 소리가 들려오고 있었다. 곧 현관문이 벌컥 열리는 소리가 들리며 사령관의 목소리도 들려왔다.

"김 병장 있나?"

"네, 사령관님!"

정리를 지 이병에게 맡긴 태호가 급히 현관으로 달려가며 답했다. 그리고 물었다.

"그런데 오늘은 어찌……."

"바둑 한 수 두고 싶어서 일찍 왔네."

"네에."

대답을 길게 끄는 태호를 미소 띤 얼굴로 바라보던 계 장군이 물었다.

"왜 싫나?"

"그럴 리가요."

"충성!"

지 이병의 인사는 받는 둥 마는 둥 하며 거실 안으로 들어온 계 장군이 갑자기 냄새를 킁킁 맡더니 물었다.

"이게 무슨 냄새인가?"

"둘이 막 술 한잔하려던 참이었습니다."

"휴일이니 그럴 수도 있지."

엷은 미소로 답한 계 장군이 지 이병에게 명령을 내렸다.

"바둑판 가져와."

"네, 사령관님!"

바둑판을 가지러 가는 지 이병에서 눈을 뗀 계 장군이 태호에게 물었다.

"바둑을 못 둘 정도로 많이 마신 것은 아니겠지?"

"딱 한 잔 마셨습니다."

"그렇다면 상관없겠군."

"그렇습니다, 사령관님!"

둘이 대화를 나누는 사이 둘 앞에 지 이병이 가져온 바둑판이 놓여졌다. 곧 바둑판 앞에 앉은 계 장군이 평소 치수대로 먼저 흑돌을 들어 두 점을 화점에 대각선으로 깔았다.

곧 태호도 자신 앞쪽 화점에 백돌을 놓는 것으로 바둑이 시작되었다. 이를 마른침을 꿀꺽 삼키는 것으로 관전에 임한 지 이병이 말했다.

"오늘은 제가 가르쳐 드린 눈사태 정석으로 한번 붙어보는 게 어떠십니까?"

"그럴까?"

이렇게 두 사람의 바둑 삼매경이 시작되었다. 그렇게 10분 정도 지나 눈사태 정석이 태호의 다른 한 수로 인해 새로운 국면으로 접어들자 당황했는지 계 장군이 장고에 들었다.

이에 훈수를 하고 싶어 입이 근질근질한 지 이병을 향해 태호가 눈을 부릅뜨자 지 이병이 자리에서 일어나며 말했다.

"마실 것이라도 가져오겠습니다."

"그래."

태호가 답을 하는데도 계 장군은 바둑에 빠져 머리가 앞으로 더욱 숙여지더니 바둑판 전체를 덮을 기세였다. 그리고 30분이 더 지나자 승패가 완연해졌다. 흑 대마가 살긴 살았으나 그 대가로 집을 많이 허용해 완전 비세가 된 것이다.

그러자 한결 초연해진 표정의 계 장군이 지나가는 말로 태호에게 한마디 툭 던졌다.

"3년 후에 결혼을 하는 것이 어떻겠나?"

"물론 그럴 수도 있습니다만, 제게는 사귀는 여자도 있고, 여기저기 중매도 많이 들어와……."

"물론 행정, 외무, 사법고시의 3관왕에 오른 자네이니 여기저기서 중매가 많이 들어오는 게 당연하겠지만, 소연이도 어디에 내놔도 안 빠진다고."

"알고 있습니다. 하지만 그때까지 기다릴 자신이 없습니다."

"허허……! 이 사람이."

계 장군이 허탈한 웃음을 짓는데 지 이병이 끼어들었다.

"사령관님, 저는 어떻습니까?"

"물론 자네 배짱 하나만은 마음에 드네. 감히 이등병 주제에 육군 대장에게 거리낌 없이 말을 붙이는 배짱하며, 학벌도 그만하면 준수하지. 하지만 김 병장에 비하면 한참 못 미친다고 생각지 않나?"

"물론 저도 잘 알고 있습니다만, 꿩 대신 닭이라고……."

"자네에게 하나만 묻지."

"말씀하십시오. 사령관님!"

"자네, 내 딸을 한 번이라도 보고 그런 말을 하는 건가?"

"물론 한 번도 본 적은 없지만, 김 병장에게서 말은 많이 들었습니다. 아주 예쁘고 공부도 잘하고, 현재 미국 유학 중이라는 말까지요."

"허허……! 그래도 듣는 귀는 있어가지고."

결코 싫지 않은 듯 웃음으로 응대하던 사령관이 갑자기 정색하며 호통을 쳤다.

"정석이나 똑바로 가르쳐 줘."

"눈사태 정석이야말로 그 변화가 무수히 많아……."

"나도 그쯤은 알아."

"계속 두시면서 변화를 깨우치는 수밖에 없습니다, 사령관님!"

"됐고. 저녁은 어떻게 했나?"

"아직……."

"패했으니 내가 저녁은 쏘는 것으로 하지."

"감사합니다, 사령관님!"

곧 두 사람은 계 장군의 호의에 힘입어 수원으로 외식을 하러 나갔다. 지금과 달리 군 사령부가 있는 용인은 볼 것이 없었고, 수원으로 가는 2차선 도로변도 한적하기는 마찬가지였다. 간혹 집이 한두 채 띄엄띄엄 있는 정도였다.

＊　　　　＊　　　　＊

약 일주일이 빠르게 지나간 이월 하순 토요일 오후 1시.

면회 왔다는 위병소의 전화를 받고 면회실로 들어간 태호는 당혹한 얼굴을 티내려 않으려 무진장 애를 써야 했다.

약속한 마담뚜와 삼원그룹 회장의 사모님이 아닌 대학교 1학년 때부터 사귀어온 오랜 여친 서미경이 예상외로 일주일 빠르게 면회를 왔기 때문이었다. 중학교 선생 신분인 그녀는 매달 한 번 마지막 주 토요일 날 면회를 오는 것이 관례였고, 둘의 암묵적 약속이었기 때문이다.

태호는 당혹감을 신경질적인 반응으로 풀었다.

"왜 안 하던 짓을 하고 그래?"

태호의 신경질적인 말에도 서미경은 고개를 푹 숙이며 대답했다.

"불안해서요."

"응?"

의외의 말에 태호 또한 무의식적으로 반응하고는 물었다.

"뭐가 불안한데?"

"나도 들었다고요. 사시에 패스한 이래로 많은 매파들이 들락거린다는 말을요."

"어느 놈이 입 싸게……."

'아차차!'

뒤늦게 자신의 실태를 깨달은 태호가 곧 입을 다물었다.

"위병소에 근무하는 병사들이 하나같이 하는 말이었어요."

'젠장, 엿 됐다.'

내심 생각하며 태호가 말했다.

"다 거짓말이니 그 자식들 말 믿지 마."

"나도 그렇게 생각하지만 조금 불안하긴 하네요."

"그래서 어쩌라고?"

"일단은 우리 나가요."

"외박증을 끊어야 나가든지 말든지 하지."

'젠장, 곧 마담뚜도 면회를 올 텐데 이를 어쩌지?'

무슨 핑계를 대서라도 그녀를 일찍 돌려보내야 했으나 쉽지 않은 일이었다. 돌려보낼 핑곗거리가 딱히 떠오르지 않는 것이다. 태호가 이렇게 내심 번민하고 있는데 우려가 현실이 되어 나타났다.

때마침 마담뚜가 면회실로 들어와 사방을 두리번거리다 태호를 발견한 것이다.

"어머! 일찍 나와 기다리셨네요."

"네에."

어정쩡하게 답한 태호가 미경의 눈치를 보자 마담뚜도 그녀의 존재를 눈치채고 물었다.

"누구예요?"

"아, 네! 누님입니다."

이 말에 미경이 아연한 표정으로 태호를 바라보고 마담뚜 또한 빙그레 웃는 모습이 믿기지 않는다는 표정이었다.

태호의 말은 사실이었다. 미경과 같은 학번이지만 회귀 후 초등학교 때 2년을 월반한 관계로 그녀의 나이가 두 살 많은 것은 사실이었기 때문이다. 그렇지만 태호가 한 번도 그런 내색을 하지 않은 관계로 미경은 아연해지지 않을 수 없었던 것이다.

아무튼 어떻게 하든 현장을 수습해야 했기 때문에 태호는 곧 미경을 데리고 좀 더 구석으로 가 말했다.

"사실은 보다시피 선약이 있었어. 그러니까 오늘은 일찍 돌아가 줘."

울 듯한 표정의 미경이 겨우 용기를 내어 물었다.

"저 여자는 누구인데요?"

"웅, 사실은……."

여기서 태호는 더 이상 말을 잇지 못했다. 사실대로 말하기도 그렇고, 갑자기 거짓말을 하려니 그 역시 옳지 않다는 생각과 함께 핑계도 떠오르지 않았기 때문이다.

이에 미경의 표정이 더욱 일그러졌다. 그러나 곧 표정을 수

습한 그녀가 말했다.

"알았어요. 누가 뭐래도 나는 태호 씨를 믿어요. 그럼 갈게요."

"미안해!"

"아니요. 그럼……."

간단히 목례를 하고 돌아서서 나가는 미경의 뒷모습이 오늘따라 한없이 슬프게 보였다.

'아차차차!'

마냥 그녀의 뒷모습만 바라볼 수 없어 뛰어간 태호는 그녀를 따라잡자마자 말했다.

"오늘은 미안해. 다음 주에 다시 면회 와줘."

"알았어요."

일이 이 지경이 되었으면 다른 여인 같으면 화를 내는 정도가 아니라 태호를 거들떠보지도 않으려 할 것이다.

그러나 지순(至純)한 그녀는 순수한 영혼답게 태호의 말에 아무런 이의 제기를 하지 않고 동의했다. 아무튼 이렇게 해 그녀를 돌려보내고 태호가 다시 면회실로 돌아오니 마담뚜가 서둘렀다.

"어서 가요. 약속 시간에 늦겠어요."

"그러죠."

미경에 대해 더 이상 추궁하지 않는 것이 고마워서라도 태호는 서둘러 답하고 그녀와 보조를 맞추었다.

둘은 곧 위병소 뒤편에 마련된 수차장으로 가 대기하고 있던 차에 올랐다. 대한민국의 자랑 포니 차였다.

"가요."

"네."

마담뚜의 말에 차가 곧 출발을 하자 태호는 비로소 또 하나 빼먹은 것이 있음을 알았다. 외출증이나 외박증을 끊어야 하는데 미처 그러지 못한 것이다. 그러나 태호는 사령관의 백과 위병소 병사들과의 친분을 믿고 그냥 태연히 앉아 있었다.

더구나 이런 일이 한두 번도 아니었으므로 태호는 곧 위병소가 나타나자, 잠시 차를 멈추게 하고 유리창을 내린 채 조상병을 보고 말했다.

"나 잠시 나갔다 올게."

"알겠습니다, 충성!"

태호가 미소와 함께 거수경례로 답하고 유리창을 올리자 차가 곧 움직이기 시작했다. 용인에서 우회전한 차는 곧 한갓진 이차선 도로를 달려 큰 고개를 넘자 가옥이 점점 더 많아지기 시작했다.

그렇게 수원 시내로 진입한 차량은 그러고도 한참을 더 달려 고등동 역 앞까지 왔다. 그러자 차가 속도를 줄이더니 도로 한편에 멈추어 섰다. 그런데 하필 그곳이 헌병 검문소가 있는 맞은편이었기에 태호의 마음이 편치 않았다.

그래도 사령관의 백을 믿고 있는 태호는 마담뚜를 따라 지하에 있는 다방으로 향했다. 계단을 꺾자마자 전등 하나 없는 계단을 걸어 내려가는 두 사람은 마치 장님 코끼리 더듬듯 난간을 잡고 어렵게 다방 안으로 들어섰다.

다방 역시 어둡기는 마찬가지였다. 노란 등이 있긴 있었으나 실내조명이 얼마나 어두운지, 둘은 익숙지 않은 조도에 멈추어 서서 사방을 두리번거려야 했다. 이때 두 사람을 부르는 소리가 있었다.

"여기예요."

"네, 사모님!"

마담뚜가 대답을 하고 가장 안쪽 구석진 위치로 걸어가자, 어느 정도 눈이 적응된 태호도 그녀를 따라 그쪽으로 향했다.

태호가 점점 더 가까이 가자 그를 기다리고 있는 사람이 선명하게 보였다. 50세 전후의 마담뚜보다도 더 고귀하게 보이는 미모의 여인이 역시 걸어오는 태호를 뚫어지게 바라보고 있었다.

이에 가까이 다가간 태호가 멈추어 서서 거수경례를 하며 씩씩하게 인사를 했다.

"안녕하십니까? 김태호라 합니다."

"호호호! 멋지네요. 어서 자리에 앉아요."

"네, 사모님!"

씩씩하게 답한 태호가 마담뚜 옆에 앉자 그때까지도 눈을 떼지 못하고 있던 그녀가 말했다.

"모자 좀 벗어 봐요."

"네."

곧 태호가 모자를 벗어 무릎 위에 놓자 그녀의 입에서 감탄사가 튀어나왔다.

"어머! 정말 준수하게 생겼네요. 머리만 수재가 아니라 인물도 준수하니 따르는 여자들이 많겠어요."

"그렇지 않습니다."

"호호호! 부정할 생각 말고, 신장은 얼마나 되요?"

"181㎝입니다."

"키마저 크니 정말 어디 내놔도 빠지지 않는 외모예요. 아니, 영화배우 해도 되겠어요."

"별말씀을."

겸양했지만 태호도 키에 대해서는 자부심을 느끼고 있었다. 이 당시 성인 남성의 평균 키가 대략 167㎝였으므로 태호는 그보다 14㎝ 더 컸기 때문이었다.

"그건 그렇고 부모님은 다 살아계시죠?"

"네."

"무슨 일을 하고 계시나요?"

"충청도 시골에서 농사짓고 계십니다."

고개를 끄덕인 그녀의 심문(?)이 계속되었다.

"형제자매는요?"

"제 밑으로 여동생 하나와 남동생 둘이 있습니다."

"그럼, 장남이에요?"

"그렇습니다."

"장남이 책임감은 있죠."

만족한 듯 계속 고개를 주억거리던 그녀가 다시 물었다.

"우리 그룹에 대해서는 어떻게 생각하세요?"

"외형보다 재무 상태가 아주 양호한, 충실한 기업으로 알고 있습니다."

"좋아요! 점심 식사 아직 안 했죠?"

"먹고 나왔습니다."

이 말은 거짓말이었다. 미경이 면회 온 시각이 5분 전 1시였으므로, 점심때가 지나 있었지만 설렘으로 인해 밥맛도 없고 해서 걸렀었기 때문이다. 아무튼 태호의 말에 처음으로 실망한 표정을 지은 그녀가 말했다.

"우리는 아직 식사 전인데 이를 어쩌죠? 함께 나가 식사라도 했으면 좋겠는데?"

"그러시죠."

"좋아요. 혹시 먹고 싶은 것 있어요?"

"군인에게는 고기보다 더 먹고 싶은 게 있겠어요? 고깃집 어때요? 사모님!"

처음으로 두 사람의 대화에 끼어든 마담뚜의 말에 그녀가 태호에게 의향을 물었다.

"괜찮겠어요?"

"좋습니다."

"그럼, 자리에서 일어날까요?"

"네, 사모님!"

곧 삼원그룹의 안방마님인 박춘심이 제일 먼저 자리에서 일어나는 것을 시작으로 세 사람이 거의 동시이다시피 자리에서 일어났다. 그러나 이후의 행동이 제일 빠른 사람은 마담뚜였다.

카운터로 먼저 가 마시지도 않은 두 사람의 커피값까지 계산을 마친 것이다. 세 사람은 곧 밖으로 나왔다. 그러자 오후의 눈부신 햇살에 모두 군인이 되어 거수경례를 하는 자세가 되었고 박춘심이 물었다.

"어디 아는 데라도 있어요?"

"네, 사모님! 여기서 골목 안으로 조금만 들어가면 아주 맛있게 잘하는 집이 있습니다."

"그럼 그곳으로 가요."

"네, 사모님!"

답한 태호가 앞장을 서자 어느새 양산을 펼쳐 든 두 사람이 그의 뒤를 따랐다.

'장안옥'이라 써진 식당 안으로 든 두 여인의 눈살이 찌푸려졌다. 생각보다 식당이 작고 지저분하게 보였기 때문이다. 그러나 이를 아는지 모르는지 뛰쳐나온 주인 아주머니를 보고 태호가 물었다.

"방 안에 손님 있어요?"

"아니요. 지저분한데……."

점심시간이 지난 애매한 시간대라 밖에도 손님 하나 없었다.

그런데 방 안으로 들길 원하는 손님을 보고 주인댁은 밖에서 먹길 바라는 심정으로 말끝을 흐리며, 그나마 눈에 익은 태호에게 애원의 눈길을 보냈다. 그러나 태호는 요지부동이었다.

"손님이라도 오면 시끄러울 것 같으니 안에 자리를 마련해 주시죠."

"알겠어요."

답한 아주머니가 급히 방 안으로 들어가는데 박춘심이 인상을 찡그리며 말했다.

"차라리 다른 집으로 가는 것이 낫지 않을까?"

"이래 보여도 음식 하나는 끝내줍니다."

"그래요? 그럼 뜻에 따르기로 하죠."

마지못해 박춘심이 동의하는데 순식간에 방 안을 정리한 주인댁이 걸레를 든 채 나와 말했다.

"이제 들어가서도 됩니다."

"그러죠. 우선 주물럭 3인분하고 밥 좀 주세요."

이를 들은 박춘심이 태호에게 물었다.

"술은?"

"별생각 없습니다만, 드시겠어요?"

"소주 두 병과 맥주 세 병만 주세요."

바로 주인댁에게 주문을 하는 박춘심이었다.

"네, 사모님!"

태호의 동의를 구하느라 한 박자 늦은 답을 한 주인댁이 주방으로 향하자 세 사람은 곧 방 안으로 들어갔다.

평소 주인댁의 휴식 공간이요, 늦게 장사를 마치는 날이면 자는 공간이기도 한 그 방은 농 하나에 TV 하나, 그리고 교자상 하나가 전부여서 썰렁 그 자체였다. TV는 당연히 흑백 TV였다. 이 당시에는 아직 컬러 방송을 하지 않는 시절이었기 때문이다.

장사에 이골이 난 주인 아주머니는 먼저 주문한 술과 함께 밑반찬으로 이 집의 자랑거리인 파전과 콩나물 한 접시, 김치

한 접시를 오봉에 담아 들고 들어왔다.

당연히 주물럭이 완성되는 동안 술을 마시고 있으라는 영악한 상술이었다. 곧 병따개로 맥주 한 병을 딴 마담뚜가 박춘심에게 의향을 물었다.

"드시겠어요?"

"딱 한 잔만."

"네!"

곧 그녀가 맥주잔에 한 잔을 따라주자 이를 받으며 박춘심이 태호에게 물었다.

"소주, 맥주?"

두주불사형인 태호지만 처음부터 술 잘 먹는 것을 들키고 싶지 않아 사양하려다, 그녀가 먼저 잔을 받는 것을 보며 생각을 고쳐먹고 답했다.

"소주로 하겠습니다."

박춘심에게 술을 다 따른 마담뚜는 바로 이어 소주병을 따 태호의 잔에도 한 잔을 따랐다. 그러는 동안 박춘심도 마담뚜용으로 맥주 한 잔을 따라 그녀 앞에 놓아주었다.

"우리 건배 한번 할까요?"

"네, 사모님! 건배사는 양 가문의 원만한 혼사로 하는 게 어떻습니까?"

"나만 좋다고 되는 일인가? 회장님 승낙도 있어야 되겠고,

또 여기 앉아 있는 당사자의 의견도 들어봐야지. 어때요, 본인의 생각은?"

박춘심의 말에 태호가 답했다.

"정작 혼인할 당사자를 보지 못했으니 뭐라 답하기 곤란하군요."

"호호호! 물론 그렇겠지요. 다음 주 토요일 날 어때요?"

"음……!"

잠시 생각하던 태호는 미경과의 약속이 생각나 얼른 핑계를 댔다.

"다음 주에는 훈련이 있어 곤란하고, 그다음 주는 가능할 것 같습니다."

"좋아요. 하면 데리러 갈 테니 1시까지 미리 준비를 하고 있어요."

"따님을 보게 되는 것입니까?"

"뿐만 아니죠. 회장님까지 동시에 면담을 진행해 서두르는 게 좋겠어요."

이 말을 들은 마담뚜가 박춘심에게 웃으며 물었다.

"마음에 꼭 드셨나 봅니다. 사모님?"

"그래요. 더 이상 숨기고 자시고 할 것도 없겠지요. 하지만 회장님은 어떻게 생각할지 모르니 중요한 관문 하나가 남은 셈이죠."

이 말을 들은 태호가 그녀에게 물었다.

"따님의 의사도 중요할 텐데요?"

"흥! 지가 시집가라는 대로 가야지 어쩌겠어요. 괜히 어쩌고 했다가는 집에서 쫓겨날 걸 각오해야죠."

박춘심의 말에 덧붙여 마담뚜가 말했다.

"회장님의 성미가 보통이 아니시거든요."

이를 또 태호가 받았다.

"자수성가한 분들이 대부분 한 고집 하시죠."

"맞아요. 고집을 부리기 시작하면 누구도 못 말리는 분이세요."

박춘심의 말에 양인이 고개를 끄덕이는데 그녀가 잔을 치켜들며 말했다.

"자, 우리 건배해요. 양가의 원만한 혼사를 위해."

"위하여!"

마담뚜가 추임새를 넣자 태호 또한 빙긋 웃으며 그녀들의 잔에 자신의 잔을 부딪쳐 갔다.

재벌가의 안방마님답지 않게 솔직 담백한 그녀가 마음에 든 태호는 단숨에 잔을 비우고 얼른 맥주병을 집어 들었다. 그리고 박춘심에게 술을 권했다.

"제 잔도 한잔 받으시죠?"

"더 마시면 곤란한데……."

"오늘 같은 날은 더 잡수셔도 큰 흠은 되지 않으실 겁니다, 사모님!"

마담뚜마저 권하자 박춘심이 마지못해 잔을 기울이는데 마침 주물럭도 들어왔다.

이렇게 시작된 술자리에서 두 여인은 각각 맥주 세 잔씩을 마셨고, 태호만이 그녀들이 번갈아 권하는 바람에 소주 두 병을 다 비우게 되었다. 그러나 외모에도 전혀 술 마신 표가 나지 않는 것은 물론, 말하는 데도 전혀 술 마신 것 같지 않은 태호의 모습에서, 취하게 해 그를 떠보려던 두 여인의 작전은 실패로 돌아가고 말았다.

*   *   *

태호에게만은 유독 느리게 느껴지는 국방부 시계의 시침 속에 어느덧 일주일이 지난 토요일 오후, 태호는 미리 외박증을 끊어놓고 면회실에서 미경을 기다렸다.

물론 점심도 굶은 채 기다린 보람이 있어 12시 40분이 되자 평소보다 조금 빠르게 미경이 면회실에 나타났다.

"왔어? 나갈까?"

"네, 점심은요?"

"안 먹고 기다렸지."

"저도요."

두 사람의 대화를 들으면 절대 친구 사이의 말투가 아니었다. 그만큼 미경이 오르내림 없는 외골수에 순수했고, 한 치의 빈틈도 보여주지 않는 마치 조선 여인을 대하는 듯한 느낌을 태호는 만날 때마다 매번 느꼈다.

그런 관계로 벌써 햇수로 7년을 사귀어온 두 사람이었지만, 그녀의 거부로 단지 손을 잡는 것 이상으로 진도(?)가 나가지 않았다. 곧 위병소 뒤로 두 사람이 돌아오니 지프차 한 대가 두 사람을 기다리고 있었다.

별관을 가린 사령관 전용 지프차였다. 서울에 사는 사령관은 주말이면 나라에서 지급한 관용 승용차로 서울로 가고, 그의 또 다른 차인 군용 지프차는 항상 영내에 머물러 있었다.

그런 것을 수송부 선임하사에게 부탁해 태호가 사적으로 이용하고 있는 것이다. 물론 위법이었지만 참모들도 함부로 못하는 태호의 위세에 선임하사가 운전병까지 지원하는 것은 어쩌면 당연한 아첨(?)이었다.

아무튼 지프에 두 사람이 오르자 익숙한 듯 정 일병이 물었다.

"오늘도 수원 시내입니까?"

"위수 지역을 벗어날 수는 없잖아?"

"알겠습니다. 출발합니다."

"오케이!"

차는 곧 뿌연 먼지를 일으키며 영내를 벗어나기 시작했다.

수원 시내로 진입하자 태호가 미경에게 물었다.

"뭘 먹을까?"

"술요."

"뭐?"

그녀와 만난 이래 아무리 권해도 석 잔 이상의 술을 마시는 것을 본 일이 없는 태호로서는, 그녀의 대답에 뜨악한 얼굴로 반사적으로 물었던 것이다.

"왜 그래?"

더 정확한 표현은 '왜 평소 안 하던 짓을 하고 그래?'일 것이다. 그런 태호의 심사를 모를 그녀가 아니었다.

"취하고 싶어요."

"참 내⋯⋯!"

어이없는 표정으로 잠시 그녀를 바라보던 태호가 말했다.

"식사도 함께하는 것으로 하지. 됐지?"

"네."

곧 태호는 운전병에게 수원역 앞으로 갈 것을 지시했다. 비록 그곳에 헌병 초소가 있지만 지난번과 달리 외출증까지 끊어 꺼릴 것이 없는 태호로서는 당당하게 그렇게 주문할 수가 있었던 것이다.

물론 사령관의 차를 사적으로 이용하는 것은 위법이지만 감히 누가 사성 장군의 차를 검문한단 말인가. 비록 별관을 가렸다지만 신병 외에는 장군차임을 모를 리 없는 까닭에 그 부분에 대해서 태호는 충분히 안심하고 있었다.

아무튼 머지않아 수원역 앞 교차로에서 내려 차를 돌려보낸 태호는 그녀를 이끌고 골목 안의 장안옥으로 향했다. 미경과도 서너 번 와본 적이 있는 익숙한 집이었다.

하지만 지난주에 이곳에서 선을 본 관계로 내심 꺼려지는 바가 없는 것은 아니었다. 그렇지만 이곳의 주물럭이 그만큼 맛있기 때문에 태호가 주저 없이 택한 것이다.

곧 식당 안으로 들어온 두 사람을 주인댁이 반갑게 맞이했다.

"어서 오세요."

"주물럭 3인분하고, 맥주 세 병 주세요."

"아니, 소주로 두 병 주세요."

또 평소와는 전혀 다른 모습을 연출하는 미경을 어이없는 얼굴로 바라보던 태호가 마지못해 끄덕이는 것으로 그녀의 원대로 소주가 주문되었다.

"밥도 시키는 게 좋겠지?"

"아니요."

"오늘 왜 그래?"

"왜, 나는 이런 행동하면 안 되나요? 무조건 태호 씨의 말에 따라야 되느냐는 말이에요."

"그런 건 아니지만, 너무 생소해서……."

"나도 이런 면이 있다고요. 전에는 참고 순종했을 뿐이죠."

미경이 왜 이러는지 태호도 이미 알고 있었다. 그랬기에 더 말할 수 없어 묵묵히 고개를 끄덕이고 있는데 그녀가 물었다.

"잘됐어요?"

밑도 끝도 없는 물음이었지만 지난번에 본 선 때문임을 너무도 잘 알고 있는 태호로서는 그녀에게 위안이 되는 말을 할 수밖에 없었다.

"아니, 전혀!"

"왜, 마음에 들지 않던가요?"

"응."

"자세히 말해보세요."

"당사자의 얼굴도 못 봤는데 마음에 들고 자시고 할 것도 없지."

"그래요? 그럼, 다음에 또 만나기로 했겠네요?"

너무나 비상한 여인의 촉에 내심 흠칫했으나 태호는 태연하게 답했다.

"그럴 일 없어."

"왜, 파투 난 건가요?"

"그 말 참 오래간만에 듣네."

"답변 피하지 말고요."

"오늘따라 왜 이렇게 집요해?"

"아니면 태호 씨를 놓치게 생겼는데요?"

"그 정도까지 생각하고 있었어?"

"그럼 내 마음도 모르고 있었어요?"

"항상 데면데면하게 굴기에 전혀……."

고개까지 흔드는 태호가 가증스럽게 느껴졌는지 처음으로 그녀의 얼굴에서 경멸의 표정이 떠올랐다. 그러나 그 표정은 순식간에 사라지고 정색한 그녀가 말했다.

"그렇다면 분명히 말하죠. 누구보다 태호 씨를 사랑하고 있다고요."

빠르게 쏘듯 말한 그녀가 종내는 부끄러움을 못 참겠는지 홍당무가 되어 고개를 푹 숙였다.

그런 그녀를 잠시 아릿한 표정으로 바라보던 태호가 한결 부드러운 음색으로 말했다.

"나도 너를 누구보다 좋아해. 하지만……."

"하지만 뭐죠?"

그 어느 때보다 흑태가 또렷한 눈길로 쏘듯 바라보는 미경의 시선이 부담스러운지 슬쩍 피한 태호가 지나가는 듯한 말로 말했다.

"내 야망이 너무 커."

"흥! 평범한 우리 집안으로는 태호 씨의 야망을 뒷받침할 수 없다는 말로 들리는데요?"

"……."

말없이 허공만 바라보며 눈만 껌벅이고 있는 태호를 바라보던 미경이 한숨을 내쉬며 물었다.

"그래서 헤어지자는 말인가요?"

역시 말없이 허공만 바라보고 있는 태호를 향해 미경이 발작적으로 말했다.

"그렇게는 절대 못 해요. 당신과 헤어지면 나는 절대 살아갈 수가 없어요. 흑흑흑……!"

미경이 울음마저 터뜨리자 당황한 태호가 더듬거리며 말했다.

"꼭… 헤어지자는 것은 아니고……."

"그럼은요?"

"좀 더 지내보자고."

"칠 년을 사귀고도 저에 대해서 그렇게 몰라요?"

'젠장…….'

내심 투덜거리며 답변을 고심하고 있는데 오늘따라 뒤늦게 파전과 콩나물 무침 등 이 집의 기본 안주가 나왔다. 잘 됐다는 듯 곧 지체 없이 병뚜껑을 딴 태호가 그녀의 잔에 술을 따르고 자신의 잔에도 손수 술을 치는데, 그녀가 빼앗듯 병을 받아 들어 잔을 채워주었다.

"들지."

"네."

태호가 잔을 부딪치자 평소와 달리 대범하게 함께 잔을 부딪친 그녀가, 고개를 돌리는 것 같더니 거침없이 한 잔을 단숨에 비웠다.

이를 홀린 듯 바라보던 태호도 쓴웃음을 머금고 단숨에 잔을 비워냈다. 곧 그녀가 술병을 들어 태호의 잔에 채우려 했다. 이에 태호가 말했다.

"안주부터 들고."

그의 말에 술병을 내려놓은 그녀 역시 파전 한 조각을 따라서 입에 넣었다. 이렇게 시작된 두 사람의 술자리가 여느 때보다 한없이 길어졌다. 평소 석 잔 이상은 아무리 권해도 마시지 않던 그녀가 지지 않고 대작을 해 두 병씩을 비워내자 겁이 더럭 난 태호가 붉어진 그녀의 얼굴을 보고 물었다.

"괜찮아?"

"아직 몇 병 정도는 더 거뜬히 마실 수 있다고요."

그런데 답을 하는 그녀의 태도나 말이 영 심상치 않았다. 벌써 상체가 건들거리고, 말하는 것부터 혀가 좀 꼬이는 느낌이 들었기 때문이다.

"내가 볼 때는 많이 취했는데?"

"아직은 괜찮아요."

"아무래도 안 되겠어. 그만 일어나지."

"밥은 먹고요."

"엉? 밥도 먹어?"

"밥 배, 술 배가 따로 있다는 것은 누구의 지론이었지요?"

"하하하! 그렇게 됐나? 여기 밥 두 공기만 볶아주세요."

"네, 손님!"

곧 주인아주머니가 두 공기의 밥을 가져와 조금 남은 양념 불고기조차도 빈 그릇에 덜어내더니, 그 위에 참기름과 각종 채소, 그리고 김 가루까지 뿌린 다음 비비기 시작했다.

곧 바닥에 깔린 밥이 노릇노릇해지자 아주머니가 말했다.

"드셔도 돼요."

"네."

그런데 이 무슨 일인가. 어느덧 미경의 고개가 한쪽으로 꺾여 있는 것이 아닌가. 그런 그녀를 흔들어 깨우며 태호가 말했다.

"어서 밥 먹어."

"네."

그제야 정신을 수습한 그녀가 옆에 놓인 냉수를 벌컥벌컥

마셨다. 그리고 자리에서 벌떡 일어나며 소리쳤다.

"가요, 우리!"

"가긴 어딜 가? 이것부터 먹고……."

"여관으로요."

"뭐?"

손을 잡는 것 외에는 더 이상은 한사코 거부하던 그녀의 말에 태호가 어안이 벙벙한 얼굴로 그녀를 바라보고 있는데, 그녀는 벌써 계산대에 서서 주인아주머니를 부르고 있었다.

"아줌마! 여기 얼마예요?"

아무리 술이 취했다지만 평소와 같이 계산을 하려는 그녀를 보고 태호는 내심 생각했다. 아직 어느 정도 이성은 남아 있어 보인다고.

제2장
재벌가의 예비 사위

시골에서 열 마지기도 안 되는 농토로 세 명의 동생까지 뒷바라지해야 하는 부모님이다 보니 태호는 대학 생활 내내 과외를 해서 용돈을 벌어 썼다. 학비는 4년 내내 장학금을 받는 것으로 해결했다.

그러다 보니 2학년 때 행정고시를 패스하고, 4학년 때 외무고시를 패스했지만, 사법고시만은 군대 2년 차인 작년에야 합격을 했다. 태호가 이렇게 고시 3관왕에 오른 것, 그것도 수석 아니면 차석으로 패스할 정도로 공부를 잘하게 된 이유는 회귀와 무관치 않았다.

즉, 59년생인 그는 전생에서도 비록 S대에서 떨어져 2차 명문대학인 H대 자원공학과를 졸업했지만 공부를 잘한 것만은 사실이었다. 그런 그는 여러 우여곡절 끝에 건설업을 하다가 97년에 터진 IMF로 인해 부도가 나 모진 고생을 했다.

아니, 모진 고생 정도가 아니라 자살 시도를 두 번이나 할 정도로 비참한 생을 영위하다가, 이때의 고생 때문인지 환갑이 겨우 지난 나이에 위암으로 생을 마감하는 불운한 일생을 보냈다.

그런 보답인지 하늘의 뜻인지는 몰라도 다시 세월을 거슬러 회귀를 해 오늘에 이르게 된 것이다. 요는 전생의 기억을 다 지니고 두 번의 공부를 하는 것인 만큼 당연히 뛰어날 수밖에 없었던 것이다.

아무튼 태호가 2관왕에 오를 때까지는 그저 뛰어난 수재로 평가받다가 사시까지 패스하자, 어떻게 알았는지 사위 삼자는 졸부들의 면회가 근간에 꾸준히 이어져 오다가, 급기야는 재계 15위 정도의 위상을 지닌 삼원그룹에서까지 매파를 보내는 작금에 이르게 된 것이다.

그런데 문제는 S대 경영학과의 홍일점이었던 미경과의 관계가 바야흐로 기로에 서 있는 것이다. 과외와 학교 수업, 그리고 고시 준비를 병행하다 보니 재학 시절에는 한 달에 한 번도 만나기 힘든 둘이었다.

그런 둘이었지만 졸업 후 바로 군문에 든 태호의 외로운 병영 생활 속에서 그녀의 면회는 둘의 관계를 더욱 급속히 가까워지게 했다. 그런데 문제는 태호의 야망과 그녀의 집안이었다.

돈에 한이 맺혔던 전생 때문에라도 금생에는 꼭 재벌이 되려는 태호에게 가장 중요한 것은 기반이 될 종잣돈이었다. 그렇지만 이것이 하늘에서 뚝 떨어지지 않는 바에야 쉽게 마련되지 않는 것이고, 양인 모두 교육자인 미경의 부모로서는 해결할 수 있는 사안이 아니었기에 태호가 갈등하고 있는 것이다.

아무튼 계산하는 미경을 보며 태호는 주머니에서 화랑담배 한 개비를 꺼내 불을 붙였다. 평소 잘 피우지 않았지만 답답한 관계로 자신도 모르게 담배를 입에 물게 된 것이다.

태호 자신에게는 당장 여자에게 계산을 맡기는 것 자체가 답답한 일이었고, 이성은 그녀와 헤어져야 한다고 말하고 있으나 감정은 꼭 그렇지도 못했다. 어찌 되었든 7년간 사귀어 온 그녀와의 정리(情理)가 마음 한편에서 그를 옭아매고 있는 것이다.

이를 아는지 모르는지, 계산을 끝낸 미경이 조금은 정신이 든 모습으로 태호에게 말했다.

"가요."

말없이 고개를 끄덕인 태호는 그녀를 부축해 식당을 나왔다. 곧 눈부신 햇살에 두 사람 모두 실눈이 되었고, 가는 눈으로 미경이 물었다.

"잘 아는 데 있어요?"

"어딜?"

"여관!"

단호하게 말하는 그녀를 보고 태호가 말했다.

"이러지 마라."

"왜요? 사랑하는 사이라면 꼭 나쁜 짓만은 아니잖아요?"

"선악을 떠나……."

"나를 사랑하지 않는 거죠? 그쵸?"

"사랑하고 아니고의 문제가 아니야. 이건……."

"나를 전부 주고 싶어요. 네?"

팔에 매달려 간절히 말하는 그녀의 시선을 피하며 태호가 답했다.

"시간을 좀 갖자."

"언제까지요? 태호 씨가 다른 여자와 약혼하거나 결혼할 때까지요?"

"그런 말이 아니잖아?"

집요한 그녀의 태도와 말에 태호도 화가 나서 언성이 높아졌다.

"좋아요. 앞으로의 전개는 뻔하니까 우리 헤어져요."

"그게 좋겠어."

"네?"

아연한 모습으로 멍한 표정이 된 그녀에게 태호가 속사포처럼 쏟아냈다.

"내 부모님은 훌륭하시지만 내 사업을 뒷받침해 줄 능력은 없어. 그래서 나에게는 목돈을 쥐어줄 처가가 필요하고, 기왕이면 다홍치마라고 많이 있는 집안일수록 좋겠지. 됐어?"

"그게 태호 씨의 진심이죠?"

"물론!"

"알았어요. 더 매달리지 않겠어요. 그럼……."

팔을 풀고 고개를 까딱한 그녀가 곧 비틀비틀 멀어지기 시작했다. 그런 그녀가 가여웠다. 쫓아가 그녀를 부축하며 태호가 말했다.

"바래다줄게."

"필요 없어요."

냉정하게 팔을 뿌리치며 걷는 그녀를 태호는 그 자리에 못 박힌 듯 서서 멍한 시선으로 응시하고 있었다. 그런 그가 이내 고개를 절레절레 저으며 중얼거렸다.

"전생에서 사업할 때도 우유부단함 때문에 많은 손해를 보았었지. 금생에서는 더욱 냉정하고 결단력 있게 살자고 다짐했잖아? 태호야! 냉정해지자!"

스스로에게 다짐하며 냉정히 돌아섰다.

그러나 인간사 회자정리(會者定離)요, 거자필반(去者必反)이라. 그 인연(因緣)이 다하지 않았음을 이때까지의 둘은 몰랐다.

*　　　　　*　　　　　*

또 한 주가 흐른 삼월 초순.

초순이라지만 10일에 가까운 하늘은 벌써 누런 황사를 포함하고 있어 시계가 불량했다.

그런 토요일 오후. 약속대로 삼원그룹에서 차를 보내왔다. 아니, 마담뚜가 면회를 와 그녀와 함께 태호는 서울로 향하게 되었다. 차는 곧 반월을 거쳐 부평으로 향했고, 머지않아 한강을 시야에 두게 되었다.

곧 우후죽순처럼 솟아나는 강남의 아파트 단지를 지난 차량은 제3한강교를 건너 직진하더니 큰 도로에서 우회전을 했다. 그리고 차는 한 블록을 지나는 것 같더니 다시 우회전을 해, 점차 작은 도로로 진입해 높은 담장에 성처럼 큰 집 앞에 멈추어 섰다.

"다 왔어요. 내리세요."

"무슨 동이죠?"

"한남동요."

고개를 끄덕인 태호가 차에서 내리자 차는 곧 담벼락에 붙은 주차장으로 향했고, 동시에 큰 대문의 작은 쪽문이 열렸다. 그리고 경비원 하나가 나타나 말했다.

"들어오세요."

"네."

대답과 동시에 태호가 집 안으로 들어서자 송아지만 한 개한 마리가 사납게 짖어댔다. 이에 놀란 태호가 주춤하는데, 현관문이 열리며 전에 보았던 장모 재목(?)인 박춘심이 뛰어나왔다.

"오느라 고생 많았죠?"

"차를 보내주셔서 편히 왔습니다."

"다행이네요. 어서 안으로 들어오세요."

"고맙습니다."

답하고 앞장선 박춘심의 뒤를 따르며 태호는 그제야 사방을 둘러보았다. 100평은 족히 될 듯한 잔디가 심어진 정원과 담장가에는 상록수 및 여타 나무들이 고풍스러운 분위기를 연출하고 있었다.

재벌가답게 모든 나무들이 정원사의 손길이 닿아 잘 전지되어 있었고 그로 인해 깔끔한 풍경을 연출했다. 아무튼 태호가 현관 안으로 들어서니 가정부로 보이는 사십 대 중반의 여인이 앞치마를 두른 채 공손히 인사를 하며 맞이했다.

"어서 오세요."

"감사합니다."

답하고 거실 쪽을 바라보니 소파에 앉아 이쪽을 바라보고 있는 시선이 있었다.

백발에 금테 안경을 쓴 65세 전후의 노인(?)이었다. 직감적으로 그가 삼원그룹 회장일 것이라는 감이 왔지만 부인과 너무 나이 차이가 나는 것 같아 의아함을 금할 수 없었다.

곧 태호가 군화를 벗고 거실 안으로 들어서자 그 또한 일어나 태호 쪽을 향하고 있었다. 165㎝ 전후의 단구에 올백으로 빗어 넘긴 머리, 홀쭉한 볼을 포함해 전체적으로 강퍅한 생김이, 찔러도 피 한 방울 나올 것 같지 않다는 느낌이 순간적으로 들었다.

생전에 언론 노출을 극히 꺼리는 인물이라 15대 그룹 총수 중에는 태호가 얼굴을 모르는 몇 안 되는 인물 중 하나가 바로 그였다. 그러나 그의 이름은 익히 알고 있었다.

이명환(李明煥)이 그의 이름이었다. 6.25 때 단신으로 월남해 자수성가한 유명한 인물이었다. 아무튼 그런 그에게 태호가 거수경례를 하며 큰 소리로 씩씩하게 인사를 했다.

"안녕하십니까, 회장님! 김태호라 합니다."

군인답게 씩씩하게 인사를 하는 그를 보고 빙긋 미소를 지으며 그가 말했다.

"어서 오시게. 자, 이리로."

"감사합니다, 회장님!"

그가 권하는 대로 태호는 소파 한쪽에 자리를 잡고 앉아 비로소 사방을 둘러보았다. 실내는 동양화와 붓글씨 몇 점이 걸려 있는 것 외에는 재벌가 회장 집답지 않게 매우 검박했다.

그런 그를 유심히 살피던 이명환이 물었다.

"점심은 들었나?"

"네, 회장님!"

답하며 탁자에 눈길을 주니 유리로 덮힌 탁자에는 달랑 난 화분 하나가 있는 것이 전부였다. 이때 주방에 있던 박춘심이 가정부와 함께 각각 큰 접시 하나씩을 들고 나타났다.

곧 탁자 위에 올려놓아 태호가 살펴보니 하나는 과일 접시로 이 계절에 보기 힘든 딸기와 이 시절에는 역시 귀한 과일인 바나나, 그리고 배와 사과 등을 깎아놓았고, 또 하나는 연양갱과 초코파이 등이 담긴 과자 접시였다.

아무튼 접시를 탁자에 놓은 박춘심이 이 회장 곁에 나란히 앉는데, 여전히 공손한 자세인 가정부가 태호에게 물었다.

"차는 뭐로 드릴까요? 홍차, 녹차, 커피……."

"커피로 한잔 주세요. 프림 두 스푼, 설탕 세 스푼이면 됩니다."

"네에."

대답을 길게 끌며 가정부가 다시 주방으로 향하는데 이 회장이 느닷없이 물었다.

"자네는 삼 김 씨 중 누가 대통령이 될 것 같은가?"

"삼 김 씨 그 누구도 대통령이 못 됩니다."

"뭐라고?"

이른바 79년 박 대통령의 서거 후 한국에는 국민들이 그토록 바라던 정치에도 봄이 찾아왔다. 그 결과 지금 김종필, 김대중, 김영삼 삼 인이 각각 세를 구축해 각축전을 벌이고 있었으므로, 국민 어느 누구도 세 명의 김 씨 중 하나가 대통령이 될 것이라 믿어 의심치 않았다.

그런데 태호가 엉뚱한 대답을 하니 이 회장이 깜짝 놀라는 것은 너무나 당연했다.

놀란 것도 잠시, 정색을 한 이 회장이 태호에게 질문을 던졌다.

"자네가 볼 때 기업의 총수가 갖춰야 할 덕목 중 가장 필요한 것이 무엇이라 생각하는가?"

"통찰력(洞察力)이 아닌가 합니다."

"그렇지. 미래를 꿰뚫어 보는 예리한 관찰력이야말로 기업의 흥망을 좌우하는 아주 중요한 덕목이지. 그래서 내 물었거늘, 한마디로 실망을 금치 못하겠네."

이 회장의 말에도 태호는 전혀 당황하지 않은 채 오히려 빙긋 미소까지 지으며 답했다.

"두고 보시면 아시겠지만 제 짧은 생각으로는 전두환을 비롯한 신군부가 온전히 물러나 역사의 뒤안길로 사라지지 않을 것 같습니다."

"하면 그들이 뭘 어찌한단 말인가? 국민들이 온전히 두 눈 똑바로 뜨고 매일 정세를 주시하고 있는데."

"그래도 오만한 그들은 국민을 안중에 두지 않고 장미꽃이 필 때쯤이면 극악무도한 짓을 저질러서라도 정권을 탈취하려 덤빌 것입니다."

"허허……! 계속해서 그렇게 실망스러운 말만 할 것인가?"

"아무리 그러서도 제 생각에는 변함이 없습니다."

"허허, 이거야 원, 고집까지 세니 어디에다 쓸꼬?"

종내는 혀까지 끌끌 차던 이 회장이 찬바람이 휙휙 불 정도로 냉정한 얼굴로 말했다.

"차도 내올 필요가 없네."

축객령이라는 것을 깨달은 태호 또한 거침없이 자리에서 일어나는데 박춘심이 이 회장의 손을 잡고 말했다.

"여보, 사람을 어찌 한 단면만 보고 판단하시고 그래요."

"다 필요 없어. 기업인에게 가장 필요한 것이 통찰력인데, 저런 놈에게 회사 맡겨놓으면 하루아침에 다 말아먹고 말 거야."

"여보, 아무리 그래도 그렇지……."

냉정하게 부인의 손길마저 뿌리친 이 회장이 말했다.

"손님 가신단다. 배웅해 드려."

"네, 회장님!"

이 회장의 말에 주방에 있던 가정부가 앞치마에 손의 물기를 닦고 나오자 태호도 더는 망설이지 않고 꾸벅 인사를 했다.

"안녕히 계십시오."

"여보시게. 이 사람아……!"

박춘심이 급히 일어나 만류했지만 태호 또한 뒤 한 번 돌아보지 않고 현관문을 열고 나왔다.

그러자 뒤늦게 거실로 들어서던 마담뚜가 놀란 얼굴로 따라오며 물었다.

"왜 바로 나오는가?"

"회장님께 물어보십시오."

"뭘 잘못했는지 모르지만 내가 사정할 테니 어서 들어감세."

"됐습니다."

잡으려는 그녀의 두 손을 뿌리친 태호가 경비가 따주는 쪽문을 나와 도로에 서니 황망히 쫓아 나온 마담뚜가 말했다.

"어디 가지 말고 잠시 기다리시게. 내 바로 차 끌고 나올 테니."

"그러죠."

이렇게 해서 몇 분 만에 삼원그룹 회장 일가와는 인연이 다하는 듯했다.

하지만 태호는 결코 실망하지 않았다. 아니, 그들이 애걸복걸하며 굽히고 들어올 때를 기다리고 있다는 것이 더 정확한 표현일 것이다. 아무튼 이렇게 세월이 흐르는 가운데 미경 또한 면회는 고사하고 편지 한 장 오지 않았다.

그러던 그녀가 면회를 온 것은 중부에도 철 이른 벚꽃이 막 개화하기 시작하는 사월 첫째 주 토요일인 4월 5일이었다. 면회마저 거절할 수 없어 면회실에서 그녀를 만난 태호는 그녀의 모습을 보고 깜짝 놀랐다.

한 달 동안 얼마나 많은 고민을 했는지 몰라보게 수척해져 있었기 때문이다. 그런 그녀에게 가엾은 마음이 드는 것은 사실이었지만 태호는 두 손을 으스러지게 지는 것으로 감정을 억제했다. 그런 그에게 미경이 고개를 숙이며 말했다.

"지난번에는 제가 너무 많은 실수와 결례를 범한 것 같아요. 용서해 주세요."

"그쪽에서 잘못한 것은 전혀 없어. 나도 미경을 좋아하지만 내 야망의 크기가 훨씬 더 커. 미안해!"

태호의 말에 미경의 눈에 갑자기 눈물이 고이기 시작했다. 이런 모습을 보이기 싫은지 그녀가 돌아서서 말했다.

"다시 한번 확인하고 싶었어요. 그동안 고마웠어요. 행복하길 바랄게요. 흑흑흑……!"

말끝에 갑자기 그녀가 울음을 터뜨리며 면회실을 뛰쳐나갔다. 그녀를 잡기 위해 무의식적으로 쫓아나가던 태호가 깊은 한숨을 토해내며 우뚝 걸음을 멈춰 세웠다. 그리고 중얼거렸다.

"여기서 잡으면 내 야망을 이루기 힘들어."

말은 그렇게 하지만 누가 보더라도 태호는 완전히 넋이 나간 모습이었다. 그러던 그가 무슨 생각이 들었는지 PX로 가 드라이진 한 병을 샀다. 그리고 순식간에 안주도 없이 한 병을 다 비우고 터덜터덜 사령관 관사로 향했다.

이것으로 두 사람의 관계는 완전히 끝나는 듯했다. 그러나 앞일은 누구도 알 수 없는 신의 영역. 두 사람 간에 또 무슨 일이 일어날지는 현재로서는 아무도 알 수 없었다.

아무튼 이렇게 두 사람의 관계가 완전히 파탄 난 채 4월 한 달이 순식간에 지나가고 5월이 되었다. 그리고 5월도 중순을 지나 하순으로 향하는 19일이 되자, 온 나라를 들썩이게 할 만한 대형 사건이 터졌다.

훗날 소위 '5.18 광주민주화운동'이라 불리는 대사건이 터진 것이다. 그러나 보도 통제로 인해 신문이나 방송 모두 이를 자세히 알 수 없는 가운데 5월 19일 조간신문에 '비상계엄 전국에 확대', '정치 활동 중지, 전 대학 휴교령', '김종필, 김대중 씨 등 연행'의 타이틀 기사가 떴고, 그 바로 하단에는 부정 축재, 소요 조종 혐의로 두 사람과 더불어 26명이 연행된 사실이 명단과 함께 기록되어 있었다.

그리고 석간에는 '김종필, 김대중 씨 등 26명 연행' 기사가 타이틀로 대문짝만 하게 실렸다. 부정 권력 축재 혐의로 김종필 외에 전 중앙정보부장 이후락, 전 대통령경호실장 박종규 등 8명의 이름과 함께, 소요 조종 혐의로 김대중, 예춘호, 문익환, 김동길, 인명진, 고은 시인 등 18명의 명단이 실렸다.

이를 신문과 방송에서 본 태호가 올 것이 왔구나 생각하는 가운데, 수요일이 되자 그의 기대가 현실이 되었다. 삼원그룹 회장 이명환이 부인 박춘심과 함께 비서실장 오철규를 함께 면회 보낸 것이다. 이에 태호가 기꺼이 응하니 삼 인의 대좌가 면회실에서 이루어졌다.

"잘 지냈어요?"

싱글벙글 연신 웃음을 띤 채 묻는 박춘심의 인사에 태호는 간단하게 답했다.

"네, 사모님!"

"나는 사모님 소리보다 장모님 소리가 더 듣기 좋은데?"

"……."

태호가 미소를 띤 채 답이 없자 비서실장 오철규가 명함을 내밀며 말했다.

"인사드리겠습니다. 비서실장 오철규라 합니다."

이를 받아 든 태호가 손을 내밀며 자신을 소개했다.

"김태호라 합니다."

둘의 통성명이 끝나고 잡은 손을 놓자마자 오철규가 말했다.

"회장님이 급히 찾으십니다."

"사령관님의 허락을 받아야 합니다."

"잘 알고 있습니다. 기다릴 테니 허락받고 오시죠."

"알겠습니다. 잠시 기다리세요."

말과 함께 자리에서 일어난 태호는 두 사람에게 목례를 건네고 그 자리를 벗어났다.

곧 사령관실에 도착한 태호는 계영철 대장을 만났다.

"무슨 일인가?"

"면회 온 사람이 있습니다. 외박을 허용해 주시면 안 되겠습니까?"

"흐흠……! 시국이 혼란스럽지만 제대할 때까지 마지막 외박이라는 사실을 알고 다녀오게."

"감사합니다, 사령관님! 충성!"

면회 온 사람이 누구냐고 묻지도 않은 채 허락해 주는 사령관에게 더욱 고마움을 느끼며 태호는 인사과로 가 사실을

말하고 외박증을 끊었다. 그리고 면회실로 다시 돌아온 태호
는 곧 그들이 타고 온 제미니 승용차에 올라 서울로 향했다.

오후 3시.

용산의 그룹 사옥에 도착한 차는 두 사람을 내려주고 다시
떠났다. 즉, 박춘심 혼자 집으로 돌아간 것이다.

아무튼 넓은 대지에 3층 공장과 함께 서 있는 18층 사옥을
목이 아프게 올려다보던 태호는 비서실장 오철규를 따라 회장
실이 있는 18층으로 향했다. 곧 비서실을 거쳐 회장실에 오철
규와 함께 들어서니, 회장 이명환이 자리에서 벌떡 일어나 태
호를 반갑게 맞았다.

"어서 오시게. 지난번에는 내가 미안했네."

"별말씀을."

"자, 이쪽으로 앉을까?"

"감사합니다, 회장님!"

태호가 그가 권하는 소파 한편에 자리를 잡자 회장 이명환
도 자신의 집무실 책상에서 벗어나 그의 맞은편에 앉았다. 그
리고 비서실장에게 말했다.

"자네는 그만 나가 봐."

"네, 회장님!"

그가 나가자 이명환은 곧 본론으로 들어갔다.

"앞으로 어떻게 되겠나?"

"전두환이 대통령이 될 것입니다."

"이렇게까지 진행이 되었으니 합리적인 추론일세. 음… 전두환에게 직접 줄을 대는 일은 어려운 일이겠고, 누구와 접촉을 해야 할까?"

"신군부에는 세 명의 실세가 있습니다. 삼 허(三 許)라고 세 명의 허 씨입니다."

"아, 그런가? 좋네. 앞으로 그쪽에 연이 있는 사람을 찾아보기로 하고, 내 직설적으로 묻겠네. 내 막내 사위가 되어주었으면 좋겠는데, 자네 의향은 어떤가? 내 성격이 좀 급해서 말이지."

"글쎄요……."

잠시 생각에 잠겼던 태호가 답했다.

"일단 당사자를 한번 만나봐야 하지 않겠습니까?"

"물론 자네 입장에서는 그렇겠지."

"본인의 의사도 중요하겠고요."

이때 막 여비서가 차를 들고 들어와 탁자 위에 올려놓고 나갔다. 녹차였다. 마실 사람의 의사도 묻지 않는 일방통행식의 대접이 그의 다음 말에서도 튀어나왔다.

"본인의 의사는 필요 없어. 내가 명하면 싫어도 따라야 하는 것이 우리 집안의 법도야."

너무나 가부장적인 말에 태호가 주춤하고 있으니 회장 이명환이 조금은 멋쩍은 표정으로 말했다.

"자네같이 준수한 수재라면 우리 아이도 틀림없이 좋아할 것이네. 하지만 문제가 좀 있는 녀석이긴 하지."

"만나봐야 모든 걸 알 수 있지 않겠습니까?"

"물론이네. 그 전에 하나 더 묻지. 우리 그룹에 대해 얼마나 알고 있나?"

"대충은 알고 있습니다."

"좋아. 자네도 알고 있다시피 우리 그룹은 건설, 제과, 광산이 주력 업종이야. 이 가운데 어느 업종이 가장 유망하겠는가?"

"건설과 제과는 괜찮겠으나 광산은 가급적 빨리 손을 떼는 것이 좋을 것 같습니다."

"왜? 아직도 석탄 수요가 무궁무진한데. 나로서는 도저히 이해할 수 없는 답일세."

삼원그룹의 주력업종 중 하나인 광산 대부분이 석탄광이었고, 유일하게 충주 소재 활석 광산만이 비석탄광이었다. 아무튼 이명환의 말에 태호가 답했다.

"앞으로는 급속히 가스로 가정 연료가 재편될 것입니다. 그러니 사업을 하시려면 이 부분이 확실히 더 유망합니다."

"내가 생각해도 그렇긴 할 것 같은데… 그렇게 되면 문제가 하나 있군."

태호가 묵묵히 앉아 있자 이 회장이 계속해서 말했다.

"자네도 알다시피 나는 딸만 셋이야. 그래서 첫째 사위에게 는 건설을, 둘째 사위에게는 제과를 맡겨오고 있지. 그래서 남 은 광산업은 자네에게 맡길 생각이었는데, 그렇게 되면 차질 이 좀 생길 것 같아서 말이지."

"제가 알기로 그룹 내에 전략 기획실이 없는 것으로 알고 있습니다."

"전략 기획실?"

"네. 현 사업 실태를 수시로 점검해 대책을 세우는 것은 물 론, 미래 먹거리산업을 발굴하는 기획 부서죠."

"하면 자네에게 그걸 맡겨달라는 말인가?"

"그렇습니다."

"흐흠……!"

침음하며 한동안 생각에 잠겼던 회장 이명환이 입을 열었다.

"자네 말을 듣고 보니 그런 부서가 있는 것도 괜찮을 것 같 네. 자, 사업 이야기는 이쯤 해두고 집으로 가볼까? 아마 지금 쯤이면 딸아이도 돌아와 있을 거야. 요즘 신부 수업을 한다고 꽃꽂이와 요리 학원을 다니고 있거든."

"그렇군요."

"가세."

"네."

태호는 곧 자리에서 일어나는 회장 이명환의 뒤를 따랐다.

곧 비서실을 통과하던 이명환이 말했다.

"나 퇴근한다."

"네, 회장님!"

전 직원이 급히 일어나 허리를 꺾는 가운데 두 사람은 곧 비서실을 나왔다.

*   *   *

이 회장의 집에 도착하니 거실에 걸린 벽시계가 3시 45분을 가리키고 있었다. 곧 두 사람이 소파에 자리를 잡자 비서실에서 미리 연락했는지 곧장 다과가 나왔다.

가정부와 함께 들고 온 박춘심이 이명환의 곁에 자리를 잡으려는데 이 회장이 부인에게 말했다.

"효주 불러."

"네."

박춘심이 직접 이 층으로 올라가는데 이명환이 태호에게 말했다.

"후처야. 그 유일한 소생이 효주고."

밑도 끝도 없는 말이었지만 태호가 이해하지 못할 말은 아니었다.

"전 사모님께선……?"

태호가 조심스럽게 묻자 잠시 천장을 바라보던 이명환이 답했다.

"젊어서 요절을 했어. 그 바람에 비서로 데리고 있던 춘심과 결혼을 하게 된 것이지. 벌써 까마득한 옛일인데, 자네가 말하니 생각이 나는구면."

그래서 두 사람 사이에 나이 차가 많이 나는구나 생각하며 태호가 급히 사과를 했다.

"실례가 되었다면 용서하십시오."

"아, 아니야."

손까지 급하게 내저은 그가 말을 이었다.

"기억도 가물가물한 일이니 자네가 불편해할 것은 없어. 예쁘고 참한 사람이었는데 복이 없는 게지."

끝내는 씁쓸한 웃음을 짓던 이명환이 녹차를 집어 들며 말했다.

"드세."

"네. 감사히 먹겠습니다."

정중히 예를 차린 태호는 커피 잔을 들어 한 모금 마셨다.

단 한 번 들렀을 뿐인데 기호에 맞게 설탕이며 프림까지 알맞게 넣은 사실에 태호가 흡족한 기분으로 고개를 끄덕이는데, 2층으로 통하는 내부 계단에서 발소리가 들려왔다.

자연히 두 사람의 시선이 계단으로 향했고, 태호는 한 여인을 보는 순간 하마터면 커피 잔을 놓칠 뻔했다. 이 모습을 본 이 회장이 가가대소하며 물었다.

"예쁘지?"

"네!"

　부지불식간에 대답했지만 그보다도 태호가 놀란 데는 다른 이유가 있었다. 물론 이 회장의 말대로 예쁜 것도 사실이었지만, 그녀가 7, 80년대 트로이카의 한 명이었던 영화배우 정윤희와 너무나 닮았기 때문이다.

　이를 짐작했는지 몰라도 이 회장이 물었다.

"누구와 닮지 않았나?"

"영화배우 정윤희 씨와 너무나 닮았군요."

"효주가 키가 더 크지. 하하하! 아무튼 너무 닮아 저 아이에게는 일화가 많네."

"그렇겠습니다."

　그런데 이 회장의 자부심이 묻어나는 말과 달리 모녀의 관계는 심상치 않았다. 이미 거실까지 내려온 효주라는 여인이 어머니의 손을 끝내 뿌리치며 소리를 지른 것이다.

"싫다는데 자꾸 왜 그래? 내가 좋아하는 사람이 있다고 했잖아?"

"이놈이, 지금 무슨 짓이야!"

아비의 호통에도 불구하고 태호는 그녀의 말에 내심 씁쓸함을 금할 수 없었다.

그러나 그것도 순간의 일이고 내심으로는 꼭 그녀를 차지하고야 말겠다는 정복욕이 솟아올랐다. 어찌 되었든 아비의 말은 무서운지 어쩔 수 없이 소파까지 끌려온 그녀가 버티듯 서 있자 다시 한번 이 회장의 불호령이 떨어졌다.

"거기 앉아!"

대답도 않고 마지못해 태호의 곁에 앉기는 했으나 등을 돌린 자세였다. 이 모습에 이 회장이 무어라 또 한마디 하려는데 남편의 손을 꼭 잡으며 박춘심이 말했다.

"그만하세요. 저도 사귀다 보면 금방 좋아하게 될 테니까요."

"흥! 절대 그럴 일 없을걸?"

반발하며 돌아서서 정면으로 태호를 바라본 그녀가 말했다.

"생긴 건 멀끔하게 생겼네. 그러면 뭘 해. 부에 자신을 판 놈인데."

"이놈이 보자보자 하니……."

화가 날 대로 난 이 회장이 탁자 위의 재떨이를 집어 던지려는데 급히 그 앞을 막아선 박춘심이 말했다.

"제가 잘 타이를게요."

"저놈 하는 짓을 봐. 타일러서 될 일이야?"

이 회장이 무어라 더 말을 하려는데 태호가 효주를 조용히 불렀다.

"아가씨!"

'왜?'라는 표정으로 다시 돌아앉아 태호를 정면으로 응시하는 당돌한 효주였다.

"초면의 사람에게 너무 실례된 말이라고 생각지 않으세요?"

"맞아!"

이 회장이 맞장구를 치는데, 그녀의 말은 거침이 없었다.

"어쨌거나 부에 자신을 판 것은 사실이잖아?"

"아직 아무것도 결정된 게 없습니다."

"우리 집안의 부를 탐내는 것은 사실 아냐?"

"맞습니다. 외모를 보니 당신도 탐나는군요."

"하하하!"

태호의 말에 이 회장이 통쾌한지 가가대소하는데, 잠시 놀란 듯했던 그녀가 다시 막말을 쏟아냈다.

"뭐라고? 함부로 지껄이지 마."

"야생마를 길들이는 재미도 쏠쏠하죠."

"야, 그럼 내가 말이야?"

"말에 비유한 것조차 과한 비유였군요. 말은 충성스럽기나 하지. 이러면……"

"아, 진짜……."

말로는 못 당하겠다는 듯 효주가 온몸을 부르르 떠는데, 통쾌한 듯 가가대소하는 이 회장의 웃음만이 거실에 울려 퍼졌다.

"하하하!"

가가대소하는 남편도 못마땅한지 살짝 이 회장을 흘겨보던 박춘심이 태호에게 말했다.

"막내라고 오냐오냐 길렀더니 버릇이 없어 미안해요."

"괜찮습니다, 장모님!"

"하하하!"

태호의 '장모님' 소리에 이 회장이 가가대소하고 춘심이 살짝 미소를 짓는데 효주가 화가 난 얼굴로 태호를 정면으로 바라보며 추궁했다.

"지금 뭐라고 불렀어?"

"못 들었으면 말죠."

"다시 한번 불러봐."

"못할 것도 없죠. 사랑합니다, 효주 씨!"

"이… 이이……!"

"하하하!"

태호의 말에 분을 못 이긴 효주가 부르르 떨더니 끝내는 발을 쾅쾅 구르며 2층으로 향하는데, 이 회장은 무엇이 그렇게 즐거운지 계속해서 호탕한 웃음을 날리고 있었다.

"어떤가?"

단지 미소로 이를 지켜보던 박 여사의 물음에 태호가 주저치 않고 답했다.

"마음에 쏙 듭니다."

"저 성질머리라도 괜찮다는 말인가?"

"여자는 남자하기 나름이죠. 고치면 됩니다."

"하하하! 사내다워."

"휴……! 마음에 든다니 다행이네."

즐거워하는 이 회장과 달리 박 여사는 가벼운 한숨과 함께 안도의 한숨을 거듭 내쉬었다.

"쇠뿔도 단김에 빼랬다고, 자네 제대가 언제인가?"

"약 한 달 남았습니다."

"전역하는 대로 약혼식부터 거행하는 것으로 하지. 당신도 이의 없지?"

"네."

"자네는?"

"저 역시 이의 없습니다."

"됐네. 자네는 오늘부터 내 사위일세. 하하하!"

"감사합니다, 회장님!"

"뭐라고?"

이 회장이 일부러 눈을 부릅뜨자 태호가 급히 정정했다.

"감사합니다, 장인어른!"

"하하하! 진즉 그랬어야지."

두 사람의 하는 행동을 어이없다는 듯 바라보던 박 여사가 말했다.

"방은 넉넉하니 오늘밤은 여기서 자고 가시게."

"네, 장모님!"

태호의 넉살이 싫지 않은지 박 여사가 곱게 눈을 흘기고 자리를 뜨자, 이 회장이 물었다.

"자네가 바둑을 잘 둔다며?"

이 회장의 말에서 자신의 신상에 대해서는 자세한 조사가 이루어졌다는 사실을 깨달으며 태호가 답했다.

"몇 급 두십니까?"

"한 5급 정도 될걸."

"그럼, 네 점 정도는 까셔야 되겠는데요?"

"그렇게 잘 둬?"

"……"

태호가 미소만 지은 채 답이 없자 이 회장이 억지(?)를 부리기 시작했다.

"세 점부터 시작하지."

"그럼, 치수 고치기입니다?"

"좋네."

이렇게 해서 두 사람은 탁자 밑에 놓아두었던 바둑판을 꺼내이내 바둑 삼매경에 빠졌다. 태호의 기력은 기원 1급으로 지금 인터넷 바둑으로 치면 최소 아마 6단에서 8단 사이일 것이다.

아무튼 이렇게 시작된 바둑은 이 회장이 연달아 두 판을 지는 바람에 세 번째는 다섯 점을 깔고 두게 되었다. 이마저도 팽팽한 가운데 어느덧 해가 저물어 저녁 식사를 할 시간이 지나도 이 회장의 고집 때문에 태호는 계속해서 바둑을 둘 수밖에 없었다.

그렇게 또 얼마의 시간이 지나자 이제 종국을 향해 치닫게 되었다. 이때 태호가 계가를 해보니 1집 정도는 이길 것 같았다. 이에 그가 눈치채지 못하게 끝내기 실수를 두 번 범하니 종당에는 이 회장이 1집을 이기게 되었다. 접바둑이라 이 당시 5집 반의 공제가 해당되지 않아 1집을 지게 된 것이다.

그제서야 비로소 가가대소하는 이 회장을 따라 태호는 뒤늦은 저녁 식사를 했다. 그리고 태호가 일찍 잠자리에 들려고 1층의 지정 방에 들었는데 갑자기 노크 소리가 들려왔다.

"누구십니까?"

"저예요."

너무 작은 소리라 확실히 못 들은 태호가 다시 한번 물었다.

"누구요?"

"저 효주요."

"아……! 네!"

급히 일어나 문을 따주니 효주가 방에는 들어오지 않고 밖에서 말했다.

"잠시 걸으며 대화 좀 나눌 수 있을까요?"

"그러죠."

낮과는 전혀 다른 그녀의 태도에 의아함을 느끼며 태호는 그녀의 청을 순순히 승낙했다. 곧 반닫이 자개장 위에 놓인 담배와 성냥을 챙긴 태호가 방 밖으로 나와 보니 그녀는 벌써 현관에서 신발을 신고 있었다.

군화를 신었지만 끈은 매지 않은 채 태호가 밖으로 나오니, 그녀는 초록의 잔디 위에 서서 보름을 갓 지난 둥근달을 마냥 바라보고 있었다. 그런 그녀를 향해 태호는 조금 발소리를 크게 내어 걸었다.

그러자 그녀가 살며시 돌아섰다. 그리고 갑자기 정중히 고개를 조아렸다.

"낮에는 초면에 너무 실례가 많았습니다. 용서하세요."

"아, 아닙니다."

급당황한 태호가 그녀의 인사를 받지 않기 위해 급히 옆으로 이동하며 덧붙였다.

"그렇게 따지면 저 역시 초면에 결례가 될 말을 많이 했지요."

"호호호! 그럼, 피장파장인가요?"

"네."

그녀가 웃으니 만 송이 꽃이 일제히 개화한 듯해 정신없이 고개를 끄덕이던 태호가 말했다.

"그러니 아무 부담 갖지 마시고 할 말이 있으면 하세요."

"네."

작게 대답한 그녀가 갑자기 시무룩한 표정이 되어 몸을 돌렸다. 그리고 달을 바라보며 독백하듯 말했다.

"나에게는 사랑하는 사람이 하나 있어요. 그런데 이를 안 아빠가 그 사람을 올 초에 강제로 유학 보냈죠. 물론 돈은 아빠가 대주었고, 앞으로도 아마 쭉 대줄 거예요. 문제는 그게 아니라 내가 아직도 그 사람을 잊지 못하고 있다는 것이죠. 그러니 다른 가문을 알아봐 주시면 안 될까요?"

"안 됩니다."

"왜요?"

"효주 씨를 보는 순간 첫눈에 반했기 때문입니다."

"쳇……!"

그리고 한동안 말이 없던 그녀가 태호를 똑바로 바라보며 말했다.

"나는 태호 씨가 싫어요. 아니, 미워요."

"그래도 할 수 없습니다."

"네?"

"내가 효주 씨를 좋아하게 되었으니까요."

"그런 막무가내가 어디 있어요?"

"부모님의 명을 거역하는 효주 씨가 더 막무가내 아닌가요?"

"그것과 이것은 달라요."

"다를 것 하나 없습니다."

"내가 어떻게 하면 우리 가문에서 물러나 줄 수 있나요?"

"질문이 잘못된 것 같습니다. 처음에는 가문을 보고 응했다면, 지금은 효주 씨 때문에라도 물러설 수 없습니다."

"그렇게도 내가 좋아요?"

"물론입니다."

"만난 지 얼마나 됐다고?"

"남녀 사이에 그런 것은 상관없는 것입니다. 첫눈에 반할 수도 있는 것이니까요."

"그 말 진심에서 하는 말이에요?"

"물론입니다."

확신에 차 대답하는 태호를 지그시 바라보던 효주의 표정은 대략 난감 그 자체였다. 그러던 그녀가 한참 무엇인가 골똘히 생각하더니 이내 타협안을 제시했다.

"내가 그 사람을 잊을 동안만이라도 기다려 줄 수 없어요?"

"저는 동의합니다만, 회장님도 동의하실지는……."

"아빠는 제가 설득할게요."

"그렇다면 알아서 하십시오."

"고맙습니다."

새삼 돌아서서 다시 한번 고개를 숙이는 그녀를 보고 태호가 자신의 심정을 고백했다.

"솔직히 야망이 있어 이 집의 사위가 되길 원했지만, 신부에 대해서는 큰 기대를 하지 않았습니다. 하지만 효주 씨를 보는 순간, 뭐라고 할까? 한마디로 넋이 나갔죠. 재벌의 따님에 너무나 뛰어난 외모. 비현실적이라 지금도 잘 믿기지 않습니다만. 어찌 되었든 효주 씨에게 첫눈에 반했고, 사귀어보고 싶습니다."

"제 마음이 정리될 때까지만 기다려 주세요."

"알겠습니다. 됐죠?"

"호호호! 나에 대해서는 얼마나 아세요?"

"올해 여자만이 입학 가능한 명문대를 졸업했고, 나이는 저보다 한 살 적은 스물넷으로 알고 있습니다."

"그럼, 스물다섯?"

"네."

"대학 4년을 졸업하고 제대할 때가 되었다면, 나이가 맞지 않는데요?"

"두 학년을 건너뛴 전력 때문에 그렇습니다."

"어렸을 때부터 아주 뛰어나게 공부를 잘한 모양이죠?"

"그런 셈입니다."

"호호호! 그런 셈은 또 뭐예요? 그러면 그런 것이죠."

"그런 것 같습니다."

"또?"

"하하하!"

같이 웃을 줄 알았더니 그게 아니었다. 갑자기 시무룩한 표정으로 바뀐 그녀가 말했다.

"비록 아직 짧은 만남이지만 태호 씨도 좋은 사람 같아요. 그러니 내 말대로 조금만 더 기다려 줘요."

"알겠습니다."

"더 할 말 없죠?"

"네."

"그럼, 이만 들어가요."

둘의 이런 모습을 창가에 서서 흐뭇한 시선으로 바라보는 두 사람이 있었다. 곧 둘이 실내로 향하자 두 사람의 모습은 자취를 감추었다. 아무튼 효주를 따라 천천히 집 안으로 향하던 태호가 돌연 걸음을 멈추고 물었다.

"그 사람도 잘생겼습니까?"

"아니요, 못생겼습니다."

단호하게 대답하는 그녀를 태호가 말없이 바라보고 있자

그녀가 덧붙였다.

"나는 인물 따위는 전혀 고려하지 않아요."

"……"

태호가 말없이 고개를 끄덕이고 있자 그녀가 또 말했다.

"잘생긴 사람은 오히려 인물값 하지 않을까요?"

"그야 사람 나름이겠지요."

"그럴 수도 있겠네요."

둘이 이렇게 대화를 나누다 보니 어느덧 현관 앞이었다. 그러자 그녀가 먼저 인사를 해왔다.

"잘 자요."

"효주 씨도요."

"네."

이렇게 두 사람의 첫 대면이 끝났다. 다음 날, 부대로 복귀한 태호는 약 한 달의 군 생활을 더 하고 입대한 지 28개월 만인 6월 중순에 제대를 하게 되었다. 34개월의 의무 복무 기간이었지만 6개월의 교련 혜택을 받아 실제 군 생활은 28개월만 하게 된 것이다.

아무튼 이 회장은 전역하는 날 차를 보내주었다. 그래서 태호는 바로 차를 타고 서울로 올라왔다. 이는 전역 날짜가 결정된 5월 말에도 박춘심이 또 한 번 면회를 와 전역 날짜를 알려주었기에 날짜에 맞추어 차를 보내주었던 것이다.

아무튼 곧바로 차는 삼원그룹 본사로 왔고 태호는 차에서 내리자마자 곧장 이 회장의 집무실로 향했다.

곧 태호가 비서실에 도착하니 비서실장 오철규가 반갑게 태호를 맞았다.

"전역을 축하드립니다!"

"고맙습니다, 비서실장님!"

사십 대 초반의 나이에 단정한 용모, 올백으로 빗어 넘긴 머리가 융통성은 없지만 강단 있는 느낌의 비서실장 오철규였다.

그런 오철규에게 태호가 답례로 정중히 목례를 건넨 뒤 그를 정면으로 응시하자 의중을 간파한 그가 말했다.

"안에 계십니다. 모시겠습니다."

"감사합니다."

누구보다도 삼원그룹 집안의 시정을 잘 아는 오철규인지라 비록 지금은 아무 직책도 없는 태호지만, 깍듯이 대하며 앞으로 손을 모으자 태호는 감사를 표하고 그의 뒤를 따랐다.

똑똑!

"들어와요."

이 회장의 허락이 떨어지자 두 사람은 지체 없이 문을 열고 회장실 안으로 들어갔다.

그러자 집무실 책상에 앉아 돋보기 너머로 결재 서류를 검토하던 이 회장이 자리에서 벌떡 일어나 걸어 나오며 반갑게 태호를 맞았다.

"전역을 축하하네."

"감사합니다, 회장님!"

그답지 않게 가볍게 태호를 끌어안기까지 한 이 회장이 인사가 끝나자 자리를 권했다.

"자, 이쪽으로 앉을까?"

"네."

곧 태호는 이 회장이 권하는 소파에 앉았다. 이 회장도 맞은편에 앉으며 비서실장 오철규에게 지시했다.

"여기 차 한잔 가져와."

"네, 회장님!"

이때 태호가 풀냄새 나는 녹차가 싫어 말했다.

"저는 커피로 한잔 주시면 감사하겠습니다."

"알겠습니다."

곧 비서실장이 나가자 이 회장이 미소 띤 얼굴로 물었다.

"약혼부터 해야지?"

"아닙니다."

태호의 대답에 놀란 표정의 이 회장이 되물었다.

"그건 또 무슨 소린가?"

"일단 제 스펙이 아닌 능력으로써 검증을 받고 싶습니다."

"자네의 능력은 이미 검증이 끝났어. 경영자로서 가장 중요한 선견력(先見力), 결단력 등에서 이미 충분한 합격점을 받았으니까 말이야."

이에 굴하지 않고 태호가 말했다. 차마 여인을 팔 수 없어서였다. 즉, 효주가 좀 더 기다려 달란다는 말을 할 수 없어 엉뚱한 핑계를 대고 있는 것이다.

"업무 수행 능력도 평가를 받아야지요."

"허허, 그렇게 자신만만한가?"

"네, 자신이 있습니다."

"좋네. 정 그렇다면 좀 더 지켜보는 것으로 하고 자네가 말한 대로 전략 기획실을 맡아주게. 자네 전역에 맞추어 이미 모든 인적 구성이 끝나 있네."

"알겠습니다, 회장님!"

이때 여비서가 쟁반에 차 두 잔을 들고 들어와 탁자 위에 조용히 내려놓고 나갔다. 녹차와 커피였다.

"들게."

"감사합니다."

감사를 표한 태호는 잔을 들어 말없이 커피 맛을 음미했다. 역시 그 맛이었다. 세계 최초로 동서식품에서 1976년에 개발한 커피믹스 맛이었던 것이다. 봉지마다 같은 비율로 커피와 설탕 등을 혼합해 동일한 맛이었지만, 물 조절에 따라서는 천양지차로 맛이 달라졌다.

그렇지만 비서실에 근무하며 수많은 커피를 탔다는 것을 증명하듯 여비서가 내온 커피는 적당량의 물을 부은 탓에 태호의 기호에도 잘 맞았다. 고개를 끄덕이고 있는 태호를 보고 이 회장이 말했다.

"자네 숙소는 말이야."

"네."

"우리 집에서 기거하는 것으로 하지."

"당분간 말입니까?"

"아니, 앞으로도 계속. 쭉."

"네?"

"두 딸을 시집보내 텅 빈 집에 효주마저 시집보내면 두 늙은 이만 남지 않겠나? 그러면 너무 적적하지."

형편상 당장은 전세, 아니, 월세 보증금도 낼 형편이 못 되는 태호로서는 내심 불만스러웠지만 동의하지 않을 수 없어 답했다.

"그렇게 하도록 하겠습니다."

"하하하! 좀 불만스러운 얼굴인데?"

"아, 아닙니다."

내심이 들통나자 당황한 태호가 손까지 내저으며 부인했지만 그의 심사를 모를 이 회장이 아니었다.

그렇지만 자신의 말대로 적적한 것이 싫은 이 회장으로서는 이 문제에 대해서는 양보할 수가 없었다.

"숙소 문제는 그렇게 하기로 하고, 근무는 언제부터 할 텐가? 내 생각으로는 내일 당장에라도 시작했으면 좋겠네만?"

"며칠 고향에 다녀오고 싶습니다."

"고향에는 토요일 오후에 갔다 일요일에 오는 것으로 하고 내 뜻에 따라주게."

"알겠습니다."

고향에 가 부모님과 동생들도 만나보고 싶었지만 이 회장의 뜻이 그러니 어쩔 수 없이 동의한 태호가 고개를 끄덕이고 있는데 이 회장이 다시 말했다.

"직원들과의 상견례는 언제 하겠는가?"

"내일 정식으로 출근해 하는 것으로 하겠습니다."

"그럼 그건 그렇게 하기로 하고, 오늘은 내 두 사위 녀석들도 불러놨으니 그런 줄 알고 집에 머물러 있게."

"집으로 오는 것입니까?"

"물론."

"알겠습니다."

"참, 점심은 어떻게 했나?"

"아직 안 먹었습니다."

대답과 함께 태호가 시계를 보니 오후 1시 33분이었다.

"내 집에 연락해 놓을 테니 점심은 집에 가서 먹는 것으로 하고, 그럼 먼저 집에 가 있게."

"알겠습니다, 회장님!"

"계속해서 회장으로 불리는 것이 탐탁지 않지만 아직 약혼도 하지 않았고 공적인 자리이니, 자네의 호칭이 맞는 말이긴 하나 서운하긴 하네."

"하하하! 그렇습니까? 장인어른!"

"하하하! 좋았어. 얼른 가보시게. 배고플 테니."

"네, 장인어른!"

이렇게 전역 후 이 회장과의 면담을 마친 태호는 그길로 회사가 제공한 승용차를 타고 한남동에 있는 이 회장의 자택으로 돌아왔다.

곧 예비 장모 박춘심의 환대 속에 진수성찬으로 차려진 점심 식사를 끝낸 태호는 전에 자신이 묵었던 방에서 잠시 휴식을 취했다. 효주가 있었으면 그녀와 대화도 나누련만 그녀는 부재중이었다.

장모의 말로는 지금도 그녀는 요리와 꽃꽂이 강습을 받으러 다닌다 했다. 아무튼 태호가 휴식을 취하고 있는데 저녁 7시 30분이 되자 집안이 떠들썩해졌다.

제3장
전략 기획실장

침대 하나 없는 방에서 잠시 눈을 붙이고 있던 태호는 떠들썩한 소음에 얼른 자리에서 일어나 방문을 열고 밖으로 나왔다. 그러자 이 회장이 막 현관 안으로 들어서다가 태호를 발견하고 물었다.

　"좀 쉬었나?"

　"네, 장인어른!"

　태호의 대답에 이 회장이 만족한 표정을 짓는데 그의 양복 저고리를 받아들며 박춘심이 물었다.

　"사위들은요?"

"곧 오겠지."

이 회장의 말이 끝나자마자 대문가가 떠들썩해지더니 이내 두 사람이 현관 안으로 들어섰다. 둘째 딸 부부였다.

훗날 안 사실이지만 둘째 딸 예주는 금년 38세고, 남편 편봉호는 금년 39세로 하와이대학 대학원 경제학 석사 출신이었다. 그런데 이들 부부에게는 로맨틱한 사연이 있었다.

대학 재학 중 둘째 딸 예주가 신랑이 된 편봉호에게 첫눈에 반해 집안의 반대를 무릅쓰고, 그의 외국 유학까지 뒷바라지를 하고는 끝내 결혼 승낙까지 받아냈던 것이 그 사연이다.

그리고 이어 바로 들어온 맏딸 명주와 그의 신랑 소인섭은 각각 금년에 40세와 43세였다. 둘은 이 회장이 점찍은 소인섭을 맏딸이 승낙해 결혼한 사이로, 맏사위 소인섭은 당시 검사였다.

국졸로 학력이 짧은 이 회장은 명문대 출신에 사시까지 합격한 소인섭이 마음에 들어, 중간에 매파를 넣어 적극 설득해 사위로 맞은 것이다. 태호 또한 그런 연장선상에서 셋째 사위로 점찍힌 것이다.

아무튼 두 부부와 상견례를 끝낸 태호가 말없이 서 있자 이 회장이 아내에게 물었다.

"효주는 아직 안 들어왔어?"

"네. 올 때가 지났는데……."

"전화해 봐."

"학원에는 전화하나마나일 거예요. 벌써 수업이 끝났는데 아직 학원에 있겠어요?"

"그래도 해봐. 내 아침부터 일찍 들어오라고 그렇게 신신당부를 했건만 에이……!"

종당에는 혀까지 끌끌 차는 이 회장을 피해 박춘심은 전화기가 있는 탁자로 갔다.

이 당시에는 휴대폰은 물론 그 흔한 삐삐조차 없는 시대이므로 전화 외에는 달리 서로 소통할 수단이 없었다. 따라서 박춘심은 남편의 말대로 학원에 전화를 걸었지만, 그녀의 예상대로 딸은 수업이 파한 후 바로 나갔다는 답변만 들었을 뿐이다.

이 답을 남편에게 전하기 뭣해 박춘심이 쭈뼛거리고 있는데 마침 현관문이 열리며 효주가 실내로 들어섰다. 그러자 이 회장이 노한 목소리로 그녀를 꾸짖었다.

"왜 이렇게 늦어?"

"……"

그러나 효주는 대꾸도 없이 2층으로 향했다.

"저, 저 녀석이……!"

대노한 이 회장이 뻗은 손가락까지 부들부들 떨며 진정치 못하고 있는데 박춘심이 재빨리 달려가 그녀를 잡고 말했다.

"언니와 형부들한테조차 인사를 안 하니?"

어머니의 말에 그녀가 마지못해 돌아서서 고개를 까닥했다.

"오셨어요?"

"어, 처제! 잘 지냈어?"

"네, 형부."

첫째 형부 소인섭이 그녀의 인사에 빙긋 웃는 것으로 답을 하는데, 둘째 형부 편봉호는 적극적으로 그녀의 인사에 화답했다. 이때였다. 다시 이 회장이 노호성을 터뜨렸다.

"네 눈에는 네 신랑도 안 보여?"

"누가 제 신랑이에요?"

"이 녀석이, 정말 보자보자 하니……!"

이 회장이 또다시 발작(?)하려는데 효주가 태호를 보고 차갑게 말했다.

"저 좀 봐요."

"그러죠."

태호는 곧 앞장서서 현관문을 열고 나가는 그녀를 따라 6월의 푸른 잔디밭 위에 섰다.

"아버지 말뜻이 뭐죠?"

"무슨 말입니까? 명확하게 말씀해 주시죠."

"왜 당신이 내 신랑이냐고요? 지난번 나와 약속한 일 잊었어요?"

"절대 잊지 않았습니다. 아니, 오히려 제가 당장 약혼식이라
도 거행하자는 회장님의 뜻을 거부했습니다."

"어떻게요? 저를 핑계대고요?"

"아니요. 아직 제 능력을 검증하지 않았으니 제 능력에 대
한 검증이 끝나고 가부간의 결정을 내려도 늦지 않다고요."

"아… 죄송해요. 그런 줄도 모르고……."

"효주 씨의 마음을 얻을 때까지 기다리겠습니다."

"고마워요."

예를 차린 그녀가 잠시 멈칫했다. 무슨 말을 하려다 마는
표정이었던 것이다. 그래서 태호가 말했다.

"할 말 있으면 하세요."

"그동안 많이 생각해 봤는데 태호 씨도 좋은 사람 같아요.
그렇지만 아직 마음의 정리를 끝내지 못했으니 좀 더 기다려
줘요."

"알겠습니다."

"그럼 이만……."

까딱 목례를 건넨 그녀가 무표정으로 먼저 안으로 향하자
태호는 난감한 표정이 되어 막 저무는 해를 잠시 바라보다가
실내로 향했다.

곧 태호가 현관문을 들어서는데 그의 귀에 거슬리는 말이

들려왔다. 둘째 사위 편봉호의 말이었다.

"말을 물가까지 끌고 갈 수는 있지만, 말이 거부하면 강제로 물을 먹일 수는 없는 노릇이므로……."

여기까지 말하던 편봉호가 그제야 태호를 발견했는지 급히 입을 다물었다. 이 모습을 본 태호의 가슴에는 그의 말이 비수가 되어 꽂혔다. 따라서 그에 대한 좋지 않은 선입관으로 인해 태호는 그에게 좋지 않은 감정을 품게 되었다.

그러나 태호는 못 들은 척 시침을 뚝 떼고 안으로 들어섰다. 그러자 곧 이 회장의 지시로 거실에는 교자상 두 개가 펴지며 준비한 음식과 술이 나오기 시작했다.

"자, 다들 앉아요. 그 전에 소개해 줄 사람이 있어. 그래서 모이라 한 거고."

이렇게 운을 뗀 이 회장이 태호에게 시선을 고정시켰다 이내 두 딸 내외를 바라보며 말했다.

"내 말에서 감 잡았겠지만 효주의 신랑으로 내정한 사람이야. 본인이 자신을 소개한다는 것이 쑥스러울 것 같아 내 간략하게 소개하면, 너희들도 신문지상에서 보았는지 모르겠지만, 삼시를 패스한 인재로 우리나라 최고의 명문대 경영학과를 졸업했지. 그리고 오늘 전역했기에 내가 회사로 불러들였어. 앞으로 그룹 내에 신설될 전략 기획실을 맡게 될 거야. 자, 서로 인사 나누지."

이 회장의 말에 따라 태호는 적극적으로 나섰다. 먼저 첫째 사위 내외에게 정중히 인사를 한 태호는 먼저 손을 내밀어 첫째 사위 소인섭의 손을 굳게 잡는 한편 그의 눈을 지그시 바라보며 말했다.

"잘 부탁드리겠습니다. 김태호라 합니다."

"곧 가족이 될 것 같으니, 잘해봄세. 나는 소인섭이라 해."

"감사합니다."

비굴하지도 않고 그렇다고 건방지지도 않게 첫째 내외와 인사를 나눈 태호는 같은 방식으로 둘째 내외에게도 공손히 인사를 하고, 둘째 사위의 손을 잡고 흔들며 그의 눈을 정시했다.

"김태호라 합니다. 잘 부탁드리겠습니다."

"편봉호일세."

간단하게 자신의 이름만 말한 편봉호가 손을 빼자 태호도 바로 손을 떼는데 둘째 처형될 예주가 말했다.

"당신보다 더 준수한 것 같지 않아요?"

"험, 험……!"

"하하하! 그렇지?"

편봉호가 편치 않은 기색으로 헛기침을 하는데 이 회장이 대소하며 주변 사람들에게 동의를 구했다. 그러자 첫째 사위 소인섭이 말했다.

"아무래도 장인어른께서는 인물부터 보시고 사위들을 낙점하신 것 같습니다."

"그래, 그것도 하나의 기준이었어."

이 회장의 말대로 세 명 모두 어디 내놓아도 빠지지 않을 만큼의 준수한 외모의 소유자들이었다. 아무튼 이를 미소 띤 채 바라보고 있던 박춘심이 주의를 환기시켰다.

"음식 다 식겠어요."

"그러면 안 되지. 자, 그럼 우리 모두 둘러앉아 한잔해 볼까?"

"네, 장인어른!"

두 사위가 얼른 대답하는 가운데 태호도 이 회장이 권하는 대로 자리에 앉았다. 즉 두 사위 내외가 나란히 앉은 그 맞은편으로, 이 회장과 예비 장모 사이에 끼어 앉게 된 것이다.

"자, 내 술 한잔 받게."

"아, 아닙니다. 제가 한잔 따라드리겠습니다."

"그게 맞습니다."

이 회장과 태호가 실랑이를 벌이는데 편봉호가 끼어들었다. 아니래도 미운 놈이 사사건건 끼어드니 태호로서는 내심 더욱 그가 탐탁지 않게 생각되었다. 아무튼 편봉호의 말이나 예의상으로도 어른이 먼저 술잔을 받는 게 맞으므로 태호가 먼저 술을 따라준 후에 그 또한 이 회장으로부터 술을 받았다.

그러는 동안 두 사위도 서로 따라주며 잔을 채우자 자매도 자신들끼리 잔을 채웠다. 이 모습을 본 이 회장이 기어코 한마디 했다.

"너희들도 술을 마시냐?"

"우리도 이제 사십 줄이라고요."

예주의 항변에 박춘심이 그녀 편을 들었다.

"맞아요. 한 잔씩 할 나이도 되었지요."

그러는 그녀는 음료수를 스스로 따라놓고 있었다.

아내의 말에도 못마땅한 표정이 역력한 이 회장이었지만 더 이상 두 딸이 술을 마시는 것에 대해서는 언급하지 않고 잔을 들어 올리며 말했다.

"자, 셋째 사위의 입주를 축하하며 한 잔씩 들지."

이 말에 편봉호가 또 끼어들었다.

"그럼, 이 집에 사는 것입니까?"

"물론이네. 두 늙은이들만 살기 적적해서 들어와 살라고 했어. 효주가 시집을 가도 계속 이 집에서 살게 될 거야."

이 회장의 말에 편치 않은 기색으로 편봉호가 맏사위 소인섭에게 지원을 바라는 듯 시선을 주었지만 소인섭은 짐짓 외면하며 술잔만 입으로 가져갔다. 아무튼 이렇게 되어 모두 한 잔씩을 비웠는데, 그제야 태호가 장모의 잔을 보니 사이다인지라 그녀에게 작게 물었다.

"술은 안 하십니까?"

"웟⋯⋯! 나는 본디 술을 못하는 사람이니 그런 줄 알고 자네나 적당히 마시게."

지난번 술자리로 인해 예비 장모도 술을 제법 마실 줄 아는데 사양하는 것으로 보아 이 회장 앞에서는 술을 절제한다는 것을 알고 태호는 더 이상 권하지 않고 그녀의 잔에 사이다를 다시 따라주었다. 그러자 박춘심 또한 태호의 잔에 술을 따라주는 것으로 화답했다.

이때였다. 편봉호가 갑자기 이 회장에게 질문을 던졌다.

"장인어른! 전략 기획실이 뭐 하는 곳입니까?"

"한마디로 말해 그룹 차원에서 우리 그룹의 미래 먹거리산업을 찾고, 현 사업도 점검을 하는 것이지."

"하면 감사 기능도 있는 것입니까?"

"감사 기능이라기보다는 발전적인 방향을 찾는다는 게 옳겠지."

'휴, 다행이다⋯⋯!'

말로 표현하지는 않았지만 그의 표정에서 이런 속내가 모두 드러났다.

그러나 이 회장은 개의치 않고 다시 술을 권하며 술자리를 주도해 나갔다. 이렇게 몇 순배 술이 돌자 이 회장이 갑자기 무슨 생각이 들었는지 태호를 바라보며 그의 의향을 물었다.

"자네 방을 2층으로 옮기려는데 어떻게 생각하나?"

그 말뜻이 무엇을 의미하는지 금방 깨달은 태호가 즉답했다.

"아직은 1층이 나을 것 같습니다."

태호의 답변이 마음에 들지 않았던지 이 회장이 노골적으로 불만스러운 표정으로 말했다.

"사내 녀석이 강력하게 밀어붙이는 맛이 있어야지, 에이……!"

이 회장의 말에 빙긋 미소를 지은 태호가 답했다.

"사나운 북풍보다 때로는 따사로운 햇볕이 외투를 벗기는 법입니다."

"하하하! 좋아! 어디 자네의 수단을 기대해 보지."

마음에 들면 모든 것이 예뻐 보이는지 태호의 답변에 만족한 웃음을 짓는 이 회장에게 태호는 확신에 찬 태도로 답변을 했다.

"지켜봐 주십시오. 머지않아 효주 씨도 마음의 문을 열고 제 품에 안길 날이 있을 테니까요."

"하하하! 좋았어! 내 그날을 기다리도록 하지."

이렇게 첫날 이 회장 가족과의 상견례를 무난히 끝낸 태호는 이날 밤 모처럼 숙면에 들 수 있었다.

＊　　　　＊　　　　＊

다음 날 아침.

이 회장과 태호는 함께 차를 타고 회사로 출근하게 되었다. 그 차내에서 이 회장이 뜬금없이 말했다. 긴 한숨과 함께였다.

"자네가 아는지는 몰라도 60년대만 해도 우리 그룹이 잘나갔어. 10대 그룹에 들었거든. 그랬던 것이 70년대는 10대 중위권. 이러다가는 얼마 안 가 20대 그룹에서도 밀려나지 않을까 조바심이 나네."

"너무 걱정 마십시오, 회장님! 제가 반드시 5년 내에 10위권으로 재진입시켜 놓겠습니다."

"패기가 있어 좋다마는 쉽지 않은 일이야. 다른 기업도 놀고 있지만은 않을 테니 말이야."

"제게는 다 복안이 있습니다. 너무 심려 마십시오."

"그러면 얼마나 좋겠는가마는… 아무튼 자네에게 기대하는 바가 크네."

"열심히 하겠습니다."

"그건 그렇고, 주변을 아무리 둘러봐도 군부 실세들과 줄 대기가 어려워. 자네도 익히 알고 있겠지만 사업은 말이야. 정권과 얼마나 밀착하느냐에 따라 성패가 좌우된다 해도 과언이 아니지."

"그 부분에 대해서도 신경을 쓰겠습니다, 회장님!"

"좋아! 내 자네만 믿네. 나이 어린 자네에게 너무 과한 기대를 하는지 모르겠지만, 이상하게 자네만 보고 있으면 든든하니 아무리 생각해도 이상하단 말이야."

"아마도 오랜 연륜에서 오시는 감이 아닌가 합니다. 그 믿음에 꼭 보답하도록 열심히 하겠습니다."

"하하하! 아무튼 좋았어! 우리 열심히 해보자고. 어려운 점이 있으면 항상 내게 말하고."

"네, 회장님!"

둘이 이런 대화를 나누다 보니 차는 어느덧 회사 정문 안으로 들어서고 있었다.

머지않아 회장실에 함께 입실한 두 사람은 차 한 잔씩을 마시다 업무 시간인 오전 8시가 되자 곧 18층 회장실과 같은 층에 마련된 전략 기획실로 함께 입실을 했다.

웅성거리고 있던 30여 명의 직원들이 회장의 입실에 깜짝 놀라 찬물을 끼얹은 듯 조용해지며 신속히 자신의 자리를 찾아가 앉았다. 이 모습을 마뜩치 않은 표정으로 바라보던 이 회장이 입을 떼었다.

"주목!"

아니래도 모두 그의 일거일동만 주시하고 있는 상태였으므로 사실상 그의 말은 불필요했다.

"여러분들은 매우 궁금할 것이다. 갑자기 왜 전략 기획실이 신설되었는지. 그 답을 여기 있는 김태호 실장이 해줄 것이다. 김 실장으로부터 그 취지를 잘 전달받고 열심히 일해, 우리 그룹이 다시 10대 그룹에 진입할 수 있도록 열과 성을 다해주기 바란다. 여기 있는 김 실장으로 말하면 외무, 행정, 사법 3과를 다 패스한 사람으로, 금번에 우리 그룹에서 특채한 인재이므로, 나이가 어리다고 깔보지 말고 잘 협력해 소정의 성과를 낼 수 있도록. 이만 나는 물러갈 테니, 신임 실장의 인사말을 듣는 것으로 업무를 시작하도록. 이상!"

말이 끝나자마자 기획실 직원들의 박수가 쏟아졌지만 이 회장은 돌아보지 않고 바로 방을 빠져나갔다. 그러자 실내에 잠시 웅성거림이 있었다. 회장의 말대로 나이가 너무 어린 사람이 실장으로 왔기 때문에 설왕설래 말이 많은 것이다. 즉, 자신들의 추론을 끼리끼리 나누고 있는 것이다.

그 말 가운데는 정확한 추론을 하는 자도 있었다. 첫째 사위가 건설 분야의 시멘트 사장, 둘째 사위가 제과 부회장이니, 새파란 나이에 실장이 되었다는 것은 셋째 사위가 아니냐는 추측이었던 것이다.

아무튼 그들의 웅성거림을 잠시 듣고 있던 태호가 묵직한 음성을 토해냈다.

"주목해 주세요."

태호의 한마디에 모두 입을 다물고 그에게 시선을 모으는 직원들이었다.

"제가 듣기로 여러분들은 각 분야의 뛰어난 인재들이라 들었습니다. 그렇지만 적재적소라는 말이 있습니다. 따라서 우리의 미래 먹거리산업을 찾아내고, 현 사업의 발전적 방향을 추구하는 과정에서, 불필요하다고 생각되는 분은 모두 본래의 자리로 복직시키도록 하겠습니다."

태호의 이 한마디에 갑자기 장내에 긴장감이 감돌기 시작했다. 아닌 게 아니라 그래도 자신이 맡은 부서 내에서는 인재라고 추천을 받아 이곳에 왔는데, 다시 복직이 된다는 것은 얼마나 창피스러운 일인가.

따라서 태호의 한마디는 이들의 정곡을 찌르는 모양이 되어 일거에 목줄을 틀어 잡힌 형세가 되었다. 이런 분위기 속에서 태호는 천천히 장내를 한번 둘러보고 말을 이어나갔다.

"회장님의 말씀도 계셨습니다만, 일단 우리의 목표는 5년 안에 10대 그룹에 재진입하는 것입니다. 그러기 위해서는 현재의 위치에서 불필요한 것은 잘라내고, 잘할 수 있는 것은 더 잘할 수 있게 해야 합니다. 또 수익성 높은 새로운산업에도 진출해야만 목표 진입이 가능할 것입니다."

확실한 비전을 제시한 태호가 여기서 말을 끊고 제일 앞줄에 앉은 사십 대의 사내에게 느닷없이 질문을 던졌다.

"기획실 내에 부서가 정해졌습니까?"

기습적인 질문에 당황했는지 사내가 말을 더듬으며 현 상황에 대해 답했다.

"아, 아직 그런 것은 없습니다."

"좋습니다. 그렇다면 나는 여러분들을 세 팀으로 나누겠습니다. 이것은 내가 여러분들의 신상 기록을 가지고 나눌 테니 그런 줄 아시고, 우선 인사나 나눕시다."

이렇게 말한 태호는 곧 30명의 사내들과 차례로 인사를 나누었다. 누가 누군 줄 알아야 부릴 수도 있고 원만히 지낼 수 있기에 당연한 수순이었다. 이 일이 끝나자 태호는 다시 앞으로 나와 전체 실원들을 보고 말했다.

"나는 지금부터 여러분을 세 팀으로 나누는 작업을 하겠습니다. 그러니 여러분은 지금부터 앞으로 무슨 산업으로 진출해야 높은 수익성을 창출할 수 있는지, 현 체제하에서 보다 높은 수익을 내기 위해서 도입했으면 하는 제도나 개선점 또는 아이디어, 같은 취지로 없어져야 할 사업이나 제도, 관행 등을 상세히 적어 오늘 오전 전까지 제출해 주시기 바랍니다."

이렇게 말한 태호는 곧 총무과로 가 이들에 대한 인사 기록과 함께 백지 100장을 얻어다 이들에게 일일이 나누어주었다. 그리고 자신은 별도로 마련된 실장실로 들어가 이들의 인사

기록을 읽으며 팀 분배에 착수했다.

실원들의 신상에 대해 사진과 일일이 대조하며 몇 번씩 읽고 또 읽은 태호는 30명을 세 팀으로 나누었다. 즉 제1팀은 10명으로 미래산업, 제2팀은 15명으로 현재 그룹의 사업을 발전시키는 역할을, 그리고 제3팀은 5명을 배정해 불필요하거나 장래 사양산업이 될 사업을 정리하거나 축소하는 일을 맡도록 팀을 짰다.

이렇게 하다 보니 오전이 다 갔다. 그래서 태호는 곧 실원들이 있는 곳으로 나와 그들이 작성한 내용물을 수거하고 함께 구내식당으로 내려가 점심 식사를 했다.

점심 식사 후 잠시 휴식을 취한 태호는 오후 1시가 되자 실원들을 전부 집합시켜 자신이 짠 대로 팀원들을 일일이 호명하며 제1팀에서 3팀까지 배치를 했다.

그 결과, 회사 내 차장급으로 제일 높은 지위에 있던 조동화를 제1팀 팀장에 임명하고 팀장이라 부르게 했다. 그런 식으로 역시 차장급인 김찬기를 제2팀장, 과장급인 오세영을 제3팀장으로 부르도록 하며 각 팀의 임무를 부여했다.

이 일이 끝나자 태호는 팀별로 팀의 임무에 맞게 주제를 나누어주고 분임 토의를 시켰다. 그리고 자신은 실장실로 들어가 오전에 실원들이 작성한 내용을 일일이 읽어보았다.

오후 4시 30분까지 모든 내용을 다 읽어본 태호의 심정은 한마디로 실망이었다. 채택할 만한 내용이 거의 없었던 것이다. 재무, 제조 현장, 영업, 심지어 공무 부서까지 총 망라된 실원들이 기록한 내용은 한마디로 현장을 조금 더 개선하자는 내용, 그 이상도 이하도 아니었기 때문이다.

그래도 하나 채택할 수 있는 안은 루트 세일 방식이라는 영업 방법이었다. 중간 대리점을 거치지 않고 직접 소매상에 제품을 공급해 제품의 가격 경쟁력을 도모하자는 안이었던 것이다.

아무튼 태호는 읽기를 마치자 곧 각 팀장들을 불러들여 분임 토의한 내용을 일일이 청취했다. 그러나 이 역시 실망만 하고 말았다.

제1팀 미래 먹거리산업을 맡은 측에서는 우리도 반도체에 투자하자는 등 허황된 내용이었고, 2팀은 냉장식품을 강화하자는 내용, 3팀은 빙과류와 음료 사업 부분에서 적자가 나니 아예 이 시장에서 철수하자는 내용을 말했기 때문이다.

가타부타 말없이 이들의 내용을 끝까지 경청한 태호는 곧 팀별로 회식할 것을 명하고, 자신은 실장실에 남아 자신이 구상하고 있는 계획을 보다 세밀하게 가다듬는 것은 물론 이를 문서로 기안했다.

그러고 나니 벌써 밤 11시가 넘어 있었다. 이에 태호는 통행금지가 되기 전에 귀가하기 위해 퇴근을 서둘렀다. 택시를 잡아타고 집에 돌아오니 11시 40분으로 늦은 시간이었지만 2층을 올려다보니 아직도 효주의 방에는 불이 켜져 있었다.

그리고 아직 잠들지 못하고 있는 사람이 한 명 더 있었다. 예비 장모 박춘심이 기다렸다가 현관문을 따주며 물었다.

"왜 이렇게 늦나?"

"오늘 마칠 일이 있어서 마무리 짓다 보니 늦었습니다."

"술 냄새가 안 나는 걸 보니 사실인 것 같구만."

그녀의 말에 희미하게 웃는 것으로 답을 한 태호가 물었다.

"회장님은 주무십니까?"

"애초부터 초저녁잠이 많은 분이라서 벌써 꿈나라로 갔다네."

"그렇군요."

이때였다. 2층으로 통하는 내부 계단에서 조용하지만 분명한 발소리가 들려왔다. 이에 자신의 방으로 들어가려던 태호가 기다리고 있자니 잠옷 바람의 효주가 내려와 두 사람을 발견하고는, 아니, 태호를 보고는 비명을 지르며 다시 계단을 올라갔다.

이 모습을 조용한 웃음으로 바라보던 어머니 박춘심이 물었다.

"왜 아직 안 잤어?"

"갑자기 갈증이 나서……."

동문서답이지만 자신이 아래층으로 내려온 이유를 밝히는데 박춘심이 물었다.

"아줌마가 물 떠다 놨을 텐데?"

"꽃이 시들기에 꽃병에 부었어요."

"생수를 줘야지 보리차 물을 줘서는 안 되는데……."

"미처 그 생각을 못 했네요."

두 사람의 대화를 듣던 태호는 더 이상 머무르지 않고 자신의 방으로 들어갔다.

곧 박춘심도 둘만의 방으로 들어간 뒤, 1층 실내에서는 조용히 냉장고 문 여닫는 소리가 들렸다. 이 소리를 듣는 태호의 입가에는 한줄기 희미한 미소가 맺혔다.

태호는 믿고 기다리고 있었다. 'Out of sight, out of mind'라는 속담대로, 눈에서 멀어지면 마음에서조차 멀어지는 것은 고금불변의 진리였기 때문에, 서두르지 않고 그녀가 마음의 문을 열 때까지 느긋하게 기다리기로 했다.

＊   ＊   ＊

다음 날 아침.

오늘은 이 회장이 서두르는 바람에 7시에 자택을 나섰다. 차 안에서 그 이유를 물으니 현장을 점검하기 위해서란다.

이에 태호는 회장실에서 기다리고 있다가 7시 40분이 되어서야 그와 마주할 수 있었다.

"무슨 일인가?"

"보고드릴 게 있습니다."

말과 함께 태호는 어젯밤에 작성한 기안서를 이 회장의 손에 들려주었다.

"무언가?"

"장래 우리가 진출할 업종 및 현재 개발할 상품, 그리고 철수할 분야를 망라한 우리 그룹의 장래 계획서입니다."

"흐흠……!"

침음하며 자신의 자리로 돌아간 이 회장은 곧 돋보기를 끼더니 태호가 제출한 그룹 차원의 중장기 계획서를 말없이 읽어 내려가기 시작했다.

5분이 지나자 다 읽은 그가 중얼거리듯 말하며 한동안 천장을 바라보며 생각에 잠겼다.

"현재로서는 우리가 잘할 수 있는 식품 사업과 건설 쪽을 보강하고, 미래는 무역과 전자 통신 업종으로 진출한다?"

"네, 회장님!"

"보다 구체적으로 설명해 보시게."

"네!"

씩씩하게 답한 태호가 이때부터 자신의 계획을 소상히 말하기 시작했다.

"산업의 쌀이 지금은 철강일지 몰라도 다가올 미래에는 전자 통신산업이 그 꽃이 될 것입니다. 따라서 중장기적으로 이 산업 분야에 진출하지 않고서는 간신히 10대 그룹에 진입한다 해도 아마 유지하기가 힘들 겁니다."

"그렇다 치고 다음은……."

회장의 추임새에 힘을 얻어 태호는 계속 자신만만하게 자신의 계획을 말하기 시작했다.

"제과와 건설 모두 이제는 국내에만 머무르지 말고 해외로 그 판매망을 넓혀갈 때입니다. 따라서 그러자면 당연히 무역 파트를 보강, 아니, 신설할 필요가 있습니다. 궁극적으로는 종합상사를 따내는 것이 그룹의 목표가 되어야 합니다."

"종합상사?"

"네, 회장님!"

"잘나가는 현대그룹도 아직 따지 못한 것이 종합상사인데 우리가 무슨 수로 그걸 따낼 수 있겠는가?"

"분명 5년 안에 우리에게 그 기회가 올 겁니다. 그러자면 사전에 투자를 좀 해야겠지요."

"종합상사로 지정만 될 수 있다면야 얼마의 투자가 대수인가."

"그런 마음가짐이면 분명 됩니다."

"허허, 그 자신감이 어디서 나오는지 몰라도, 자네의 장담을 듣고 있다 보면 꼭 그렇게 될 것 같으니 알다가도 모를 일일세."

"틀림없이 그렇게 됩니다, 회장님!"

"좋았어! 허허허!"

기분 좋아 허허거리는 회장을 보며 태호는 내심 회심의 미소를 짓고 있었다.

종합상사로 지정될 수 있다는 말에 이 회장이 왜 이렇게 좋아하는지, 종합상사에 대해 종합적으로 설명하면 다음과 같았다.

종합상사(綜合商社)는 특정 상품 분야뿐만 아니라 모든 영역에 걸친 다종류의 상품을 종합하여, 외국무역 및 국내 유통을 대규모로 영위하는 거대 상사를 말하는 것이다.

한국의 경우 1975년 이래 수출 진흥책의 일환으로 상장회사로서 자사의 수출액이 총 수출액의 2% 이상을 달성해야 한다는 요건을 갖추면 대외무역법시행령 15조에 따라 상공부장관으로부터 종합상사로 지정을 받을 수 있었다.

종합상사는 한국과 일본에만 있는 독특한 형태였다. 미국의 루이드레파스 콘티넨털그레인과 같은 곡물상사, 영국의 유나이티드아프리카, 네덜란드의 인터내셔널로테르담과 같은 구식민지무역 독점 상사 등의 예가 있으나, 모두가 특정 상품이

나 지역에 치우쳐져 있다.

일본의 경우도 미쓰이물산(三井物産), 미쓰비시상사(三菱商事)와 같은 종합회사는 미쓰이재벌, 미쓰비시재벌이라는 거대한 기업 콘체른에 속하는 상사로서, 산하 계열기업이 생산하는 제품의 판매와 그들이 필요로 하는 원차재의 구입을 주 업무로 하여 발달해 왔다.

그러나 한국의 종합상사는 처음부터 수출 진흥을 목적으로 하여 특정 기업의 제품만이 아닌 국내 각 기업의 각종 제품을 차별 없이 취급하여 수출하는 것을 주요 사업으로 하고 있었다. 그 결과 일본에서도 한국과 같은 성격의 종합상사로의 변모가 이루어졌으며, 전후파 종합상사라고 할 수 있는 기업이 설립되었다.

종합상사의 기능은 '이쑤시개에서 미사일까지'라는 슬로건이 말해주듯이 다종다양한 상품을 취급할 뿐만 아니라, 수출입 삼각무역에서 국내의 도·소매업에까지 진출하였다. 이와 같은 수출입 상사로서의 일반적 기능 이외에 종합상사가 가지고 있는 기능은 다음과 같았다.

1. 금융기능: 제조업체에 대해 그 상품을 구입하고, 어음을 발행해 줌으로써 실제로는 그 상품이 수요자에게 판매되고 있지 않은 경우에도 자금의 융통이 가능해진다.

특히 중소기업에 대해서는 원재료비나 제품의 매입에 의한 융자, 설비투자 자금의 융자에 이르기까지 금융상의 역할을 수행하고 있다. 이것은 은행보다도 종합상사가 거래를 통해서 기업의 신용도나 경리 내용을 잘 알고 있는 데서 이루어지는 기능이다. 그러나 종합상사의 중소기업에 대한 금융 기능은 이를 통하여 양자 간에 지배와 피지배의 관계가 성립된다는 사실도 이해해야 한다.

2. 조직자 기능(Organizer Function): 주택산업이나 해양산업 원자력산업 등 시스템적인 거대산업으로의 진출에 있어, 다수의 제조업체, 건설회사 등을 조직화함으로써 이들의 시스템산업을 실현하는 기능을 말한다. 프로젝트의 수출에서도 이 기능은 중요하다.

3. 컨버터 기능(Converter Function): 중소기업에 대해 원재료의 지급에서 완제품의 매입에 이르기까지의 지도를 담당하며, 시장에 대해서도 수시로 종합상사의 상표명으로 선전하여 시장을 개척하는 기능을 말한다.

4. 정보 기능: 해외 지점을 정보망으로 이용, 각종 해외 정보를 수집, 파악함으로써 유리한 상거래를 성립시키는 기능을 말한다.

5. 해외투자 기능: 자원 개발, 해외 생산, 합작 투자 등에서 현지 사정에 어두운 기업을 위해 투자의 기획 실시를 대행하는 기능으로, 종합상사의 정보망 없이는 불가능하다.

위에서 알 수 있듯 종합상사는 수출 장려 정책상 세제 면이나 금융 면에서 많은 혜택을 받았다. 따라서 종합상사가 그룹 내에 있어야만 명실공히 대기업 취급을 받을 수 있었고, 특히 그 혜택으로 인해 사업 영역을 확장하기 쉬웠다.

아무튼 허허거리던 이 회장이 다시 질문을 던졌다.

"광산업은 활석광만 남겨두고 모두 철수하자고?"

"네, 국민들의 소득수준이 올라감에 따라 가스중독 사고의 위험이 있고, 불을 갈기 번거로운 연탄은 빠르게 사양산업이 될 것입니다. 따라서 호황의 정점일 때 서둘러 매각하는 것이 필요합니다."

"그렇게 해서 가스산업 업종으로 진출하자고?"

"석탄보다는 백배 유망합니다."

"건설 쪽은?"

"시멘트나 레미콘 사업을 더욱 보강하고 진출할 수 있다면 창호 쪽으로 진출하는 것도 좋을 것 같습니다."

"새시를 말하는 것인가?"

"네, 알루미늄과 PVC새시 모두 전도유망합니다."

"내 생각으로는 그보다는 직접 건설 시공회사를 하나 설립했으면 하는데?"

"그 기안에도 나와 있습니다. 건설은 무엇보다 실적이 중요하므로 신설보다는 실적이 있는 회사를 하나 사들이는 것이 나을 것 같습니다. 이 또한 5년 내에 훌륭한 매물이 나올 것 같으므로 좀 기다려 보시는 것이 좋을 것 같습니다."

"외식산업은 그렇다 쳐도 뜬금없이 라면산업은 뭔가? 기존의 선발 주자들이 꽉 잡고 있는 곳이 이 업종인데 수지타산이 맞을까?"

"상품을 개발하기 나름이라 봅니다. 아직도 충분히 틈새시장이 남아 있다고 생각합니다."

"흐흠……!"

태호의 설명에도 라면 쪽은 탐탁지 않은지 이 회장은 침음하며 확실한 답을 하지 않고 있었다.

그래서 태호는 할 수 없이 자신이 가지고 있는 구체적인 복안까지 설명하고 나서야 그의 동의를 구할 수 있었으나 흔쾌한 표정은 아니었다. 이어 태호는 프랜차이즈 사업 분야에 대해서도 장광설을 늘어놓고서야 그의 동의를 얻어낼 수 있었다.

태호는 그 밖에 현 제과나 아이스크림, 음료수 분야에 대해 몇 가지 아이템을 제시하니, 그제야 만족한 듯 이 회장은 대소하며 전폭적인 지원을 약속했다.

"우리 그룹의 그 어느 누구도 생각지 못한 신선한 아이디어가 많고, 비전도 허황되기보다는 충분히 가능해 보이네. 따라서 그룹 차원의 지원을 아끼지 않을 테니 얼마든지 요구만 하라고."

"우선은 타자수 한 명만 지원해 주시면 안 될까요?"

"뭐라고? 하하하!"

대소하던 이 회장이 그 여운이 남은 표정으로 말했다.

"그룹 차원에서 대대적인 지원을 약속하는데 겨우 타자수 하나야?"

"우선은 그렇습니다, 회장님!"

"알겠네. 바로 조처하겠네."

곧 면담을 끝낸 태호가 인사를 하고 나가려는데 이 회장의 말이 떨어졌다.

"잠시 기다려 보게."

그의 말대로 태호가 잠시 회장실에 남아 기다리고 있으니, 이 회장은 금방 여직원 하나를 데리고 들어와 말했다.

"비서실에서 근무하던 아이인데, 실력도 뛰어나고 착실해. 내가 아끼던 아이야. 그러니 잘 데리고 근무하도록."

"감사합니다, 회장님!"

꾸벅 인사를 한 태호는 실행력이 뛰어난 이 회장을 뒤에 두고 비서실마저 나왔다. 그리고 복도에 서자 태호는 새삼스러운 눈으로 그녀를 자세히 바라보았다.

이 회장이 그녀의 미모를 보고 뽑았는지 몰라도 이 회장 연배의 미인관답게 통통하고 복스러운 상이었다.

아무튼 뚫어지게 바라보는 태호의 시선이 부끄러운지 볼을 복사꽃처럼 물들이며 고개를 떨어뜨리는 그녀에게 물었다.

"이름이 어떻게 됩니까?"

"이미현입니다, 실장님."

"근무한 지 오래되었습니까?"

"3년 되었습니다."

"대학 졸업하고?"

"어머! 내 나이가 그렇게 들어 보여요? 고등학교 졸업했습니다."

부끄러움을 많이 타는 줄 알았더니 의외로 활발한 면도 있는 이 양이었다.

"여상?"

"네."

"스물셋, 넷?"

"숙녀의 나이를 물어보는 것은 실례라고요."

"아는데……."

"곧 우리 그룹의 실세가 될 분이라니 답해 드릴 게요. 넷이에요."

"허허, 거참……!"

그녀의 말주변에 애늙은이 웃음을 짓던 태호가 물었다.

"누가 그래? 그룹의 실세가 될 것이라고?"

"비서실 사람은 다 알고 있는 내용이라고요. 아마도 머지않아 그룹 전체가 알게 될 걸요?"

"반갑지 않은 소문인데."

"왜요?"

"시기와 질투!"

"그렇지요. 조직적인 반대가 있을 수 있으니 꼭 좋은 소문만은 아니겠네요."

두 사람이 이렇게 대화를 나누다 보니 지척에 있는 기획실에 벌써 도착해 있었다. 곧 두 사람이 문을 열고 들어서니 모든 사람들의 시선이 두 사람에게 쏠렸다.

쏠린 시선을 의식하고 태호가 미현을 실원들에게 소개했다.

"타자수 이미현 양입니다. 직전까지 비서실에 근무했고, 나이는 본인의 거부로 알려줄 수 없습니다."

"하하하!"

크게 웃을 내용은 아니었지만 아부 끼도 가미된 웃음이 끝나자 태호는 계속해서 말했다.

"앞으로 타이핑할 것이 있는 사람은 이 양에게 맡기도록 하시기 바랍니다. 이 양, 인사해요."

태호의 말에 이 양이 고개를 숙이더니 인사말을 했다.

"이미현이라 합니다. 잘 부탁드려요."

와아아……!

함성 소리와 함께 박수 소리가 장내를 진동시켰다. 미현이 예쁘기도 하지만 홍일점이기 때문에 실원들의 더한 사랑을 받는 것 같았다.

이 시대는 컴퓨터가 없는 세상이므로 모든 공식 문서는 타자를 쳐서 문서화했고, 아니면 손으로 손수 쓰는 수밖에 없었다. 따라서 타자수는 사무실에 꼭 필요한 존재이기도 했다. 함성과 박수 소리가 가라앉자 태호가 다시 실원들을 향해 말했다.

"나는 여러분에게 한 가지 요구를 하겠습니다. 즉, 비밀 유지 각서를 써달라는 것입니다. 그만큼 여러분들이 취급하는 내용이 회사의 특급 내지 1급 비밀이므로, 이 내용이 새나가면 회사에 막대한 손실을 끼칠 수 있기 때문에 이런 요구를 하는 것입니다. 따라서 실원들은 비밀 유지 각서를 써야 하며, 만약 이것이 싫은 분은 원래의 자리로 돌아가야 합니다. 알겠습니까?"

"네, 실장님!"

각서를 쓴다는 일이 찜찜하기는 했지만 회사의 1급 이상의 비밀을 취급한다는 자긍심에 실원들이 우렁차게 대답하자 태호는 곧 제1팀장 조동화에게 지시해 이 양의 자리를 마련해 주도록 했다.

그리고 태호는 자신의 방으로 들어가며 이 양을 불러 함께 들어갔다. 그리고 그녀에게 비밀 유지 각서의 내용을 구술해 타자로 쳐서 공식 문서화하도록 지시했다.

그 내용이야 별것 없었다. 기획실 내에서 듣고 본 사항에 대해 누설한 것이 발각되면 민·형사상의 책임을 진다는 내용이었던 것이다. 아무튼 이 양이 받아 적은 메모지를 가지고 막 나가려는데 노크 소리와 함께 제1차장 조동화가 들어왔다.

"실장님!"

"……."

태호가 말없이 눈썹을 밀어 올리며 왜냐고 묻자 그가 곧장 답했다.

"이 양 책상을 이 안에 놓았으면 좋겠습니다. 전화도 받아야 하고, 실장님 커피라도 한잔 타드리려면 그게 가장 좋을 것 같습니다."

"음……!"

잠시 생각하던 태호가 곧 답했다.

"좋습니다. 그렇게 하도록 하죠. 안 그래도 부르려 했습니다. 자리에 앉으시죠."

"지시를 내려놓고 오겠습니다, 실장님."

"좋아요. 그렇게 하도록 하세요."

곧 밖으로 나가 실장실에 이 양의 사무용 책상을 들이도록 한 조동화가 다시 들어와 태호가 권하는 소파에 앉았다. 태호 또한 그의 맞은편 자리에 앉으며 말했다.

"제1팀은 오늘부터 네 가지 임무를 수행해 주어야겠습니다. 첫째는 라면산업에 진출할 것이니 얼큰한 소고기국 맛으로, 매우면서도 뒷맛이 깔끔하고 시원한 스프를 개발해 주시기 바랍니다."

"라면 사업에 진출한다고요?"

"그렇습니다."

"위험부담이 크지 않을까요? 기존의 라면 원조 삼양과 농심의 시장 지배력이 높아 그 장벽을 넘기 쉽지 않을 것 같습니다."

"그래 봐야 2개 아닙니까?"

"물론 그렇습니다만……."

"회장님의 승낙까지 득한 일이므로 내 말대로 하세요."

"알겠습니다."

조직 사회에서 까라면 까야지 별수 있는가. 내키지는 않겠지만 어쩔 수 없이 답하는 그를 보고 태호는 개발할 라면의 구체적인 지시에 들어갔다.

"아까 얘기한 대로 아주 매우면서도 뒷맛이 깔끔하고 시원한 스프 라면을 개발해 주세요. 이름도 지어놨어요. 신(辛)라면이라고."

어이없는 표정을 짓는 그를 보고 태호는 계속해서 비빔면,

도시락, 왕뚜껑, 짜파게티 등의 제품에 대해 아주 구체적인 지시를 하며 개발할 것을 지시했다. 태호의 지시가 끝났어도 고개를 갸우뚱하며 아직도 자신 없는 표정의 그를 보고도 태호는 여전히 자신만만한 표정으로 큰소리쳤다.

"이 라면 등이 개발되면 공전의 히트로 우리가 라면 시장을 지배할 것이니 내 말대로 꼭 개발을 하도록 하세요."

"알겠습니다, 실장님!"

태호가 이렇게 자신만만한 데는 다 근거가 있었다. 신라면은 1986년 10월 농심에서 출시된 라면으로, 전 세계 100여 개국에 수출되고 있을 뿐만 아니라, 신라면 단일 제품만으로 20년간 누적 매출 10조를 넘을 정도로 공전의 히트를 친 상품이었기 때문에 그렇게 자신만만할 수 있었던 것이다.

게다가 팔도라면에서 출시하는 비빔면이나 도시락, 왕뚜껑은 당연히 아직 세상에 존재하지 않고 있었다. 83년이나 되어야 이 회사 제품이 세상에 첫선을 보이기 때문이었다.

또 짜장과 스파게티의 합성어인 짜파게티 역시 84년이나 되어야 세상에 나오니 이 역시 자신만만하게 개발할 것을 지시했던 것이다. 태호의 지시는 여기서 그치지 않았다.

"통닭 아시죠?"

"네?"

태호가 상식 이하의 질문을 하니 정말 어이없다는 듯 한동안 입을 벌린 채 뒷말을 잇지 못하던 그가 자신의 실태를 깨닫고 급히 답했다.

"통닭 모르는 사람이 어디 있습니까?"

"나는 그냥 통닭이 아닌 양념 통닭을 개발해 이 또한 세상에 내놓으려 합니다. 즉, 프랜차이즈 사업에 진출하는 것입니다."

"그게 잘될까요?"

"매사에 그렇게 자신이 없습니까?"

태호의 질책에 깜짝 놀란 제1차장 조동화가 부동자세로 답했다.

"아, 아닙니다. 해보겠습니다."

"좋아요. 일단 매운맛, 달콤한 맛, 달콤하면서도 매운맛. 일반 후라이드 통닭 등 네 종류로 개발해 보세요."

"알겠습니다, 실장님!"

"이왕 프랜차이즈 사업에 진출하기로 했으니 미국에 있는 KFC나 맥도날드 본사에 접촉해 한국 지사를 내줄 수 없는지 알아봐 주세요. 아니, 꼭 성사시키도록 하세요."

"이 역시 회장님의 승낙을 받은 일입니까?"

"물론입니다."

태호의 말은 항상 당당하고 자신만만해 보였다. 그만큼 말에 힘이 느껴졌다. 그도 그럴 것이 이 당시까지 국내에 양념 통닭을 전문으로 하는 프랜차이즈 기업이 없었다.

양념 통닭이 세상에 처음 모습을 드러낸 것은 1981년 대전역 앞 도널드 치킨이었다. 양념 통닭 프랜차이즈 제1호 패스트푸드 점이었다, 곧 페리카나 치킨으로 상호를 바꾼 도널드 치킨이 원조였던 것이다.

그리고 KFC가 한국에 처음 문을 연 것이 1984년으로 서울특별시 종로구에 1호점을 개설했으니 이 분야 또한 선점하자는 것이다. 맥도날드는 더 훗날이나 말할 것도 없었다.

아무튼 자신이 계획한 모든 지시를 끝내자 태호가 1차장 조동화에게 말했다.

"지금까지 내가 말한 것에 대한 실행 계획서를 이틀 내로 작성해 오세요."

"이틀요?"

"왜? 자신 없습니까?"

"아, 아닙니다. 밤을 새워서라도 이틀 내로 작성해 오도록 하겠습니다."

"그럼, 수고해 주세요."

"네, 실장님!"

곧 일어나 나가려는 조동화를 태호가 제지했다.

"잠깐만!"

"네?"

"2차장 좀 불러주세요."

"알겠습니다, 실장님!"

곧 그가 나가고 잠시 후에는 제2차장 김찬기가 실내로 들어왔다. 신상 기록을 보니 2차장 김찬기는 K대 경영학과 출신으로 금년 41세였다. 그리고 방금 나간 1차장 조동화는 금년 42세로 Y대 영문학과 출신이었다.

"여기 앉아요."

"네, 실장님!"

조금은 어리숙해 보이는 김찬기를 찬찬히 뜯어보던 태호가 갑자기 어이없는 질문을 던졌다.

"1+1은 얼마입니까?"

어이없는 질문이라 실소라도 터뜨릴 만했겠지만 긴장한 김찬기는 안색 하나 변하지 않고 곧바로 답했다.

"2입니다."

"좋습니다. 만약 유리판 위에 물방울 두 개가 있다고 가정하고, 이를 합치면 어떻게 됩니까?"

"하나가 될 겁니다."

"마찬가지입니다. 똑같은 1 더하기 1이지만 수학에서는 2가 되지만 물리 측면에서는 1이 될 수도 있습니다. 따라서 모든 사물을 고정된 관념으로만 바라보지 말고, 다르게 볼 줄도 알아야 하고, 팀원들도 그렇습니다. 각각 다른 업종 다른 부서의 근무환경에서 근무하던 사람들이 모인 이질적인 집단이니, 이를 잘 녹여내 우선 하나로 융화시킨 바탕 위에, 내가 제시하는 몇 가지 제품을 개발해 주시기 바랍니다. 알겠지요?"

"네, 실장님!"

"아까 1이라는 숫자를 가지고 내가 대화의 물꼬를 텄 듯 1이라는 숫자와 같은 과자를 하나 만들어봅시다."

"네?"

감을 못 잡아 어안이 벙벙한 김 팀장을 바라보며 빙긋 웃음 짓던 태호가 곧 자신이 생각한 제품을 설명하기 시작했다.

제4장
실세

즉, 빼빼로 과자에 대한 설명이었던 것이다. 태호의 과자 신
제품에 대한 설명은 여기서 그치지 않았다. 그 외에도 세 가
지 제품이 더 있었는데, 그중에는 우리의 실력으로는 부족할
것 같으니, 미국의 모 업체와 합작을 모색해 보라는 지시도 있
었다.

태호의 신제품 개발에 대한 지시는 과자 한 분야에만 국한
되지 않았다. 일부 직원이 적자가 난다고 사업을 철수하자는
분야인 아이스크림 분야도 2개의 고급 제품 개발을 지시했
고, 같은 적자 분야인 음료수 개발에 대한 지시도 있었다.

태호의 개발 지시는 더 이어져 껌 분야까지 신제품 개발에 대한 지시가 있고 나서야 김 팀장은 실장실을 물러날 수 있었다. 물론 그에게도 실행을 담보할 실행 계획서를 작성해 오라는 지시가 내려졌다.

그러는 동안 이 양이 쓸 사무용 책상은 물론 타자기도 들어왔다. 또 이 양은 타이핑한 비밀 유지 각서를 복사해 실원들에게 모두 나누어 주고 아예 각서까지 받아왔다. 그런 그녀를 보고 태호가 지시를 내렸다.

"3팀장 좀 불러줘요."

"네, 실장님!"

대답과 동시에 밖으로 나간 이 양이 3팀장 오세영과 함께 들어왔다.

태호는 들어오는 오세영을 찬찬히 바라보았다. 금년 35세의 오세영은 H대 공대 출신으로 씨름 선수라 해도 과언이 아닐 만큼 덩치가 좋은 인물이었다. 그런 그를 미소 띤 얼굴로 맞은 태호가 그에게 자리를 권했다. 자신이 앉아 있는 맞은편 소파였다.

"이리 앉아요."

"네, 실장님!"

덩치에 비해 순박한 표정의 오세영의 말과 행동거지를 바라보며 내심 웃음이 나왔으나 태호는 이를 억지로 삼키며 물었다.

"문경탄좌에서 차출되었지요?"

"네, 실장님! 보안과장으로 있었습니다."

"좋습니다. 문경탄좌의 실정은 어떻습니까?"

"많이 심부화된 관계로 채산성이 나날이 악화되고 있습니다."

"그러면 안 되는데……."

중얼거리듯 말한 태호는 탁자를 손가락으로 두드리며 잠시 생각에 잠겼다. 그러던 그가 다시 물었다.

"삼척탄좌는 어떻습니까?"

"그곳도 심부화되기는 마찬가지입니다만, 문경보다는 덜합니다."

"흐흠……!"

나이답지 않게 침음성마저 발하며 생각에 잠겨 있던 태호가 다시 물었다.

"매년 탐광은 하고 있습니까?"

"올해는 시추 계획이 없는 것으로 알고 있습니다."

"왜요?"

"이미 많은 광량이 확보되었기 때문입니다."

"삼척도요?"

"네, 그쪽도 그런 것으로 알고 있습니다."

"좋아요. 그래도 시추 계획을 잡으세요."

"네?"

생각지 못한 명령에 멍한 표정이 된 오 팀장이 말했다.

"문경광업소만 해도 올해 시추계획이 모두 짜여져 있어 올해는 어려울 것 같습니다, 실장님!"

"중간에 끼워 넣으면 되죠."

"그건 좀……."

난처한 표정을 짓는 오 팀장에게 태호가 정색한 얼굴로 말했다.

"돈을 찔러주는 한이 있더라도 올 안에 많은 광량을 확보해야 합니다. 이는 문경뿐만 아니라 삼척도 마찬가지입니다."

"10년은 캐먹을 게 있는데……."

적이 망설이는 오 팀장을 향해 태호는 엄한 얼굴이 되어 채근했다.

"꼭 그렇게 하도록 하세요. 이건 명령입니다. 그래야만 더 후한 값에 팔아먹을 수 있을 테니까요."

"팔아먹어요?"

"오늘 비밀 유지 각서 썼죠?"

"네!"

"명심하고 내 말대로 일을 추진하세요."

"알겠습니다."

"나가보세요."

"네, 실장님!"

오세영이 나갔어도 태호는 한동안 그 자리에 앉아 깊은 생각에 잠겨 있었다.

*   *   *

다음 날.

오늘은 토요일이었다. 직장인에게는 가장 기다려지는 날이기도 하는 소위 '반공일'이었다. 태호 역시 오전 근무를 마치자마자 회사를 나왔다.

이 회장에게는 고향 집에 다녀온다 했지만 근심되는 것이 한 가지 있어 태호는 강남터미널이 아닌 시내버스 정류장으로 향했다. 그곳에서 홍은동으로 가는 버스를 탔다.

그리고 그가 백련산 줄기 남쪽 기슭에 자리 잡은 한 빌라에 도착한 것은 채 1시가 되지 않은 시간대였다. 잠시 5층 건물을 바라보던 태호는 주저 없이 그 안으로 들어갔다.

곧 계단을 걸어올라 3층에 도착한 태호는 방화문에 붙어 있는 초인종을 눌렀다. 딩동딩동 소리가 나자 슬리퍼 끄는 소리와 함께 묻는 소리가 들렸다.

"당신이에요? 오늘은 일찍 오셨네요."

엉뚱한 말에 당황한 태호가 급히 큰 소리로 대답했다.

"사모님! 접니다."

"누구……?"

"당번병으로 근무하던 이태호 병장입니다. 사모님!"

"아……!"

감탄사와 함께 급히 문이 열리며 오십 대의 여성이 물었다.

"제대한 것 아니었어요?"

"안녕하세요, 사모님! 제대는 했지만 모시던 때가 생각나서……."

"잘 왔어요. 어서 들어와요."

먼저 안으로 들어가며 계영철 장군 부인 최화순이 말했다.

"아직 안 오셨는데 어쩌죠?"

"잠시 기다리겠습니다."

"그래요."

그동안 문을 닫고 들어간 태호는 그녀를 따라 거실에 서서 새삼 주변을 둘러보았다. 그런 그에게 최 여사가 물었다.

"점심은?"

"아직입니다."

"여전히 씩씩하네요."

"네."

겸연쩍게 태호가 웃고 있는데 그녀가 다시 물었다.

"어느 회사에 들어갔다는 말을 들었는데?"

"네, 삼원그룹입니다."

"내 생각에는 너무 아까운 생각이 들어요. 고시 3과를 다 패스했으면 판검사가 아니어도 공무원을 해도 요직에 앉을 수 있을 텐데."

돈에 너무 한이 맺혀 그렇다고 답할 수는 없는 노릇이므로 태호는 어물쩍 둘러댔다.

"예전부터의 포부가 이 나라의 경제 발전에 이바지하는 것이었습니다."

"다 생각이 다르니 뭐라고 말을 못 하겠네요. 그나저나 반찬이 없어서 어쩌죠?"

"라면 한 그릇이면 됩니다. 사모님!"

"귀한 손님에게 어찌 라면을 내요. 가만히 있어보자, 그이 주려고 사다 놓은 생선이 몇 토막 있지, 아마."

"정말 라면 한 그릇이면 됩니다. 사모님!"

"잠시 기다려 봐요."

말과 함께 주방으로 향한 그녀는 곧 컵에 과일 주스 한 컵을 따라 가져다주고 다시 주방으로 향하며 말했다.

"심심하면 텔레비전이라도 봐요."

"네, 사모님!"

"그나저나 나라 꼴이 어떻게 되려고 그러는지… 우리 그이도 아마 조만간 옷을 벗을 것 같아요."

"네?"

"이 나라를 뒤에서 잡고 흔드는 정치 군인들이 꼴 보기 싫대요."

말없이 고개를 끄덕인 태호가 그녀의 말대로 거실에 놓인 흑백 TV를 틀려다 탁자에 놓인 신문을 발견하고는 그것을 집어 들었다.

제일 먼저 눈에 띄는 기사는 대간첩 대책 본부에서 발표한 북괴 무장 간첩선 격침 사실이었다. 그 내용을 빠르게 읽어나가니, 오늘 아침 새벽 서해 서산 앞바다에서 치열한 교전 끝에 무장공비 8명을 사살하고 1명을 생포했다는 내용이었다.

이 과정에서 북괴와 한국의 전투기가 출격하고 군함도 출동하여 교전 일보 직전까지 갔으나 아군의 뛰어난 대처로 적을 물리쳤다는 것이다. 이것이 사실인지 어쩐지 몰라도 태호는 이것이 북한을 이용한 여론 조작이 아닌가 하는 의심부터 들었다.

고개를 흔들며 다음 기사를 읽어보니 중앙정보부장 서리 전두환에 의해 행해진 정보부 요원 300명에 대한 인사 조치 내용이 기재되어 있었다. 즉, 일시에 정보 요원 300명을 해고했다는 내용인 것이다.

전두환은 이날 발표문에서 '국민 여망에 따른 국가 보위 비상 대책 위원회 사회 정화 작업에 솔선수범해서, 정부 여러 부처 중 가장 먼저 과감한 자가 숙정을 단행했다'고 밝히고, 다른 부처에 대한 숙정도 있을 것임을 암시했다.

내용이야 어떻든 태호는 이때 퍼뜩 머리를 스치는 생각이 있었다. 해고된 정보부 요원 일부를 기획실 내에 고용하면 어떨까 하는 생각이었다. 자신의 계획을 실행에 옮기기 위해서는 정보 요원들의 도움받을 일이 많을 것이라는 생각은 전부터 하고 있었다.

그래서 태호가 이 계획에 대해 좀 더 구체적으로 생각하고 있는데 벨 소리가 들려왔다. 이에 태호는 반사적으로 일어나 문 앞으로 걸어가며 물었다.

"누구세요?"

"어, 너는 태호 아니냐?"

"네, 장군님!"

"어서 문이나 열어."

"네!"

현관으로 달려간 태호가 문을 열어주자 계 장군이 태호를 포옹하며 물었다.

"잘 왔다. 안 그래도 제대하고 나서 한 번도 안 들른다고 서운하게 생각하고 있었는데 말이야."

"뭐 주실 거라도 있습니까?"

"예끼, 이놈아!"

말과 함께 꿀밤을 주려는 계 장군을 피해 태호는 안으로 달아났다. 이 모습을 주방에서 나오며 웃음 띤 얼굴로 바라보던 최 여사가 물었다.

"점심 아직 안 드셨죠?"

"물론. 어서 내와."

"잠시만 기다리세요."

최 여사는 다시 주방으로 들어가고 계 장군이 소파로 향하며 물었다.

"삼원그룹에 들어간 것이냐?"

"네, 장군님!"

"아깝네만, 자네 뜻이 그런 걸 어쩌겠나? 우리 점심 준비될 동안 바둑이나 한판 둘까?"

"그보다 여쭙고 싶은 게 있습니다."

"뭔데?"

"혹시 삼 허 중 잘 아는 사람 없습니까?"

"너……?"

정색하며 바라보는 계 장군의 눈에는 노여움이 깃들어 있었다. 그의 내심을 짐작한 태호가 서둘러 변명을 했다.

"그자들이 우리 기업을 너무 옥죄기에 사정 좀 하려고 합니다."

"그놈들이라면 그러고도 남을 놈들이지. 나도 그들이 하는 짓이 눈꼴 시려 전역 신청해 놨다."

"네? 조금만 더 계시지……?"

"그런 정치 군인 놈들 밑에서 하루 견디는 것이 보통 곤욕이 아니다."

"장군님은 곧은 성정이시니 그러실 만도 합니다."

평소의 생각대로 말한 태호가 가만히 그의 입을 주시하고 있자, 계 장군이 마지못해 답했다.

"그 세 놈 중 한 명을 내가 잠깐 데리고 있던 적이 있었다."

"그게 누굽니까?"

"내가 9보병사단 사단장 재직 시 작전참모로 데리고 있던 놈으로 허능평이라는 놈이야."

"소개 좀 시켜주십시오."

달려들 듯 말하는 태호를 마뜩치 않은 눈으로 바라보던 계 장군이 마지못해 말했다.

"꼭 소개를 받아야겠나?"

"그룹이 살기 위해서는 어쩔 수 없습니다, 장군님!"

"하긴 기업인이 무슨 죄가 있겠니? 정치 군인들이 문제지. 좋아! 내 자리 한번 마련하지."

"감사합니다, 장군님!"

"새삼스럽게 왜 이래? 어서 바둑판이나 가져와."

"어디 있는지 몰라서……."

"아, 너를 만나니 내가 군대인 줄 착각했구나."

말과 함께 계 장군이 탁자 밑의 바둑판을 꺼내려는데 주방에서 최 여사의 음성이 들려왔다.

"점심 다 됐으니 바둑은 점심 잡숫고 두세요."

"나, 세 시에 골프 모임 있는데?"

"그렇다고 점심도 안 들고 바둑 두실 요량이세요?"

"아, 아니야. 어서 가져오기나 해."

"네, 잠시만 기다리세요."

이렇게 되어 태호는 갈치조림과 함께 점심을 맛있게 한 끼 먹었다.

그리고 두 사람은 바둑 한 판을 두고 헤어졌다. 강남터미널까지 태워준다는 것을 사양한 태호는 곧 터미널로 가 청주행 고속버스 표를 예매했다. 토요일이라 그런지 손님이 많아 1시간을 기다려야 했다.

5시가 다 되어 청주에 도착한 태호는 곧 버스 터미널로 가 괴산행 시외버스 표를 끊었다.

그곳에서도 30분을 기다려 시외버스에 오른 태호는 증평을 거쳐 사리에서 내렸다.

시간을 보니 6시 30분이 다 되어가고 있었다. 아무튼 택시도 없는 사리에서 내린 태호는 그 길로 비포장 신작로를 걷기 시작했다. 자신의 고향은 도안으로, 사리와 청안이 접경인 곳이었다.

태호가 터덜터덜 15분을 걸으니 익숙한 풍경들이 눈에 들어오기 시작했다. 자신이 태어나고 자란 고향 마을의 산과 논밭 등이 펼쳐지기 시작한 것이다. 태호는 차가 다닐 수 있는 넓은 길이 아닌 리어카 하나 다닐 수 없는 산길로 접어들었다.

등성이만 넘으면 바로 마을이 나타나는, 질러가는 길이기도 하고, 그 중간에 조상 대대로 내려오는 몇 마지기 안 되는 논과 밭 한 떼기가 있었기 때문에, 혹시 아직도 부모님이 그곳에서 일을 하고 있지 않을까 하는 생각해서였다.

그러나 5분을 걸어 부모골이라는 곳에 도착했지만 부모님은 그곳에 안 계셨다.

아쉬운 마음으로 등성이를 넘어서는데 하지가 가까운 여름 해는 아직도 한 발이나 남아 있었다.

동네에 들어선 태호는 몇몇 노인을 만나 인사를 했지만 요즘 크는 아이들은 그들이 먼저 인사를 해도 누구인지 몰라 건성으로 대답하고 고향 집으로 향했다.

멀리서 보아도 조금 이른 저녁을 짓는지 고향 집에서는 굴뚝에서 하얀 연기가 피어오르고 있었다. 하긴 보리밥이라면 조금 일찍 저녁을 시작해야 할 것이다. 한번 삶은 것을 가지고 다시 쌀과 앉히는 것이 보리밥이니 그렇다.

아무튼 태호가 열린 싸리문 사이로 집 안에 들어서니 장독대 부근에는 장닭 한 마리와 암탉이 제법 실하게 자란 새끼들을 데리고 벌레를 쪼고 있었고, 개 한 마리가 태호를 보고도 짖지도, 그렇다고 꼬리를 흔들지도 않은 채 무심히 바라보고 있었다.

이를 보자 비로소 자신의 집에 온 듯 포근한 감이 들며 다리가 풀리는 느낌이 들었다. 그러나 그의 목소리는 힘이 있었다.

"경순아!"

바로 밑 여동생의 이름을 부르니 잠시 후 부엌에서 말만 한 처녀가 앞치마에 물 묻은 손을 닦으며 나타나 부르짖었다.

"어머! 오빠!"

태호가 두 팔을 벌리고 있자 쏜살같이 달려 나온 그녀가 태호의 품으로 뛰어들었다. 그리고 갑자기 흐느꼈다. 그런 여동생의 등을 가만히 쓸어주고 있는데, 안방 문이 열리며 반가운 얼굴이 또 나타났다.

"태호냐?"

"네, 할머니!"

내년이면 칠순인 할머니가 반백의 머리로 장손을 맞아 절로 이는 '아이구' 소리를 내며 일어서자 태호는 여동생을 조용히 떼어내며 물었다.

"부엌에서 밥 짓던 것 아니었어?"

"어머! 불나겠네요."

아직도 땔감을 연료로 쓰는 탓에 놀란 여동생이 부엌으로 달려가고 태호는 빙긋 미소 지으며 할머니에게로 향했다.

"그냥 앉아계세요."

말을 하며 태호는 빠른 동작으로 뜰에 신발을 벗어놓고 대청마루로 올라섰다. 그리고 문지방을 막 넘으려는 할머니를 제지해 방 안으로 모시고 들어갔다.

"하나도 안 늙으셨네요. 할머니!"

"안 늙기는 왜 안 늙어? 해마다 다른 걸."

"할머니는 오래 사실 거예요. 절 받으세요, 할머니!"

"암, 우리 장손 절 받아야지."

말과 함께 할머니는 자연스럽게 아랫목에 자리를 잡으셨다. 여름에는 방 안으로 불을 들이지 않고 바로 밖으로 나갈 수 있는 반대편 부뚜막을 이용하므로 다행히 방은 찼다.

"오래오래 사세요. 할머니!"

"늙은이 보고 오래 살라는 말은 욕이야!"

"그런 말이 어디 있어요."

태호의 말이 싫지 않은지 미소를 짓고 계신 할머니에게 절을 마친 태호가 물었다.

"동생들이 안 보이네요."

"그놈들도 참 착해. 학교 끝나자마자 와서 제 아비, 어미 농사일 거들고 있으니 말이야."

"방아골 밭에 간 거예요?"

"그래."

이때 경순이 방 안으로 들어왔다.

"저녁은 다 지은 거야?"

"네. 그런데 반찬이 없어서……."

"있는 대로 먹으면 되지."

"아니다. 장손이 제대해 왔는데 닭이라도 한 마리 잡아야지."

"아버지한테 혼날 텐데?"

주저하는 경순을 향해 할머니가 단호하게 말씀하셨다.

"내 말대로 해."

"네, 할머니!"

돌아서서 나가는 여동생의 얼굴을 새삼스럽게 바라보니 햇빛에 그을어 새까맣다. 그런 여동생을 보니 태호는 왠지 측은한 생각이 들었다.

올해 스물두 살인 여동생은 형편이 어려워 국민학교만 졸업하고 바로 집안 살림과 농사일을 거들고 있었다. 어언 시집갈 나이가 되었는데도 부엌데기를 면하지 못하고 있는 동생을 바라보던 태호는 내심 결심했다.

이대로 동생을 둘 수 없다는 생각에 차제에 서울로 불러올릴 생각을 한 것이다. 아무튼 태호의 시선이 부담스러운지 후다닥 밖으로 달려 나가는 여동생을 따라 나가며 태호가 물었다.

"닭 잡을 수 있겠니?"

"무서워요."

"내버려 둬. 대신 아버지, 어머니나 불러와."

"네!"

앞치마를 마루에 풀어놓고 급히 밖으로 나가는 여동생을 바라보며 태호는 가족에 대해 다시 한번 생각하게 되었다. 논밭이라고 해봐야 2천 평도 안 되는 농토에 동생들 학교까지 가르치려니 집안은 늘 형편이 어려웠다.

그래서 아버지와 어머니는 늘 남의 소작을 얻어 붙여 그나마 바로 밑의 남동생은 청주공고에, 막내 남동생은 증평중학교에 보낼 수 있었다. 이제 아버지의 연세도 어언 오십 줄에 들어셨고, 어머니는 그보다 두 살 적으시니 48세이리라. 그리고 동생들은 한결같이 세 살 터울인 관계로 막내가 열여섯 살일 것이다.

이런저런 생각을 하고 있는데 할머니가 말을 걸었다.

"왜 그러고 있어? 들어와."

"네, 할머니!"

대답은 했지만 행동은 반대로 자리에서 벌떡 일어나 장독대로 향했다. 그곳에는 자신의 예상대로 채송화가 땅을 기고 있었다.

뿐만 아니라 장독 주변 둔덕에 심어진 장미와 뒷간 앞을 지키고 서 있는 푸른 살구나무 잎을 바라보고 있노라니, 문득 2년 전에 돌아가신 할아버지 생각이 났다.

이에 헛간으로 가보니 할아버지가 쓰시던 지게만이 덩그러니 남아 있었다. 무상한 생각에 헛간을 돌아 나오니 외양간에는 오늘은 휴가를 받은 암소 한 마리가 그 큰 눈을 껌벅껌벅하며 태호를 같이 마주 보고 있었다.

이렇게 태호가 새삼 집 안을 둘러보길 얼마, 달음박질 소리가 나는가 싶더니 어머니가 마침내 마당 안으로 들어섰다.

"태호야!"

"어머니!"

자신의 가슴팍에도 채 오지 않는 어머니를 잠시 끌어안고 있으니 무심한 아버지와 두 남동생도 집 안으로 들어섰다.

"제대한 거냐?"

"네, 아버지!"

무덤덤한 아버지에 이어 두 동생도 형의 전역을 축하해 주었다.

"축하해, 형!"

"그래, 고맙다."

두 동생을 차례로 가볍게 안아주고 있는데 장독대에서는 아버지의 손에 잡힌 닭의 시끄러운 울음소리가 들려왔다. 이를 본 여동생이 급히 밖에 설치된 무쇠 솥에 물을 길어 붓고, 어머니는 묵은 김치라도 꺼내시려는지 토굴 속으로 향하셨다.

*   *   *

저녁 밥상머리는 처음 해후했을 때와 달리 분위기가 매우 무거워져 있었다. 비록 촌에서 맛보기 힘든 닭볶음탕이라는 맛난 반찬이 있었음에도 불구하고 말이다.

이는 태호가 부모의 기대와 달리 판검사도 고위 공무원도 마다하고 회사에 취직을 했다는 말이 도화선이 됐기 때문이다. 이런 분위기 속에서 태호가 입을 떼었다.

"경순이도 이제 시집갈 때가 다 되었는데 마냥 부엌데기로만 남겨둘 수 없잖아요?"

"좋은 수라도 있냐?"

반색하는 어머니에게 미소를 지으며 태호가 답했다.

"제가 서울로 데리고 올라갈라고요."

"가면? 누가 밥하고 농사일 거들어?"

아버지의 말에 태호가 화가 난 음성으로 말했다.

"이대로 내버려 두면 농사꾼에게밖에 더 시집보내겠어요?"

"그렇지. 서울로 데리고 올라가면 지금보다야 백번 낫지."

어머니의 말에 태호가 부언했다.

"네, 공부도 더 시키고 공장이라도 취직시키면 보다 나은 남자에게 시집보낼 수 있을 겁니다."

"나는 절대 찬성이다."

어머니의 말에도 아버지는 마뜩치 않은 표정으로 묵묵부답 말이 없었다.

이때 둘째 동생이 거들고 나섰다.

"형 말이 옳아요. 나도 누나가 농사꾼한테 시집가서 평생 고생하며 사는 것은 싫어요."

"나도 찬성!"

막내마저 찬성하고 나서는데 할머니의 생각은 달랐다.

"여자가 배워서 뭐 하게."

"요즘은 여자들도 대학 나온 사람이 얼마나 많은데요?"

태호가 볼멘소리를 해도 할머니는 다른 나라 이야기라도 듣는 듯 달갑지 않다는 표정이었다.

"방 구하는 대로 이장님 댁으로 전화드릴 테니 그런 줄 아시고, 둘째 너도 그렇다. 내 졸업하는 대로 너도 공장에 취직

시켜줄 테니, 그런 줄 알아."

"가급적 좋은 회사면 좋겠어요."

"물론!"

둘째 남동생도 올해 고3이니 가을부터는 취업을 나갈 수 있으리라는 생각에 태호는 미리 동생에게 언질을 주고 있는 것이다.

"막내, 너는 대학까지 보내줄 테니, 공부 열심히 해."

"지금 실력으로는 지방대학 가기도 힘든데……."

"그러니까 지금부터라도 열심히 해. 아직 늦지 않았어."

"네, 형님!"

"언제 갈 거니?"

어머니의 물음에 태호가 답했다.

"내일 오후에요."

"알았다."

쌀알을 헤아릴 수 있을 정도의 깡 보리밥이 아직 밥그릇에 반은 남아 있고, 태호 때문에 희생된 중닭 두 마리로 만든 도리탕이 아직 반이나 남아 있어도, 오랜 대화로 밥맛을 잃은 식구들은 다시 숟가락 들 생각을 하지 않았다. 그러나 막내는 달랐다. 대화 도중에도 손은 닭볶음탕 위에서 떠날 줄 몰랐다.

다음 날 오후.

제실에 매달린 '우리 동네의 자랑 김태호의 사시 합격을 경축'이라 쓰인 플래카드와 언제 붙였는지 다 낡아 헤진 '경 김태호 행시 합격 축' 등의 넝마를 바라보며, 태호는 동네 어귀를 빠져나와 사리로 향했다.

*   *   *

밤 9시경 태호가 이 회장 댁 안으로 들어서니 정원에 한 인영이 서 있었다. 효주가 푸르스름한 수은등 밑에서 밤하늘을 올려다보고 있는 것이다. 인기척에 시선을 돌린 그녀가 태호를 발견하고 먼저 말을 건넸다.

"집에 다녀오는 길인가요?"

"네."

간단하게 답한 태호가 물었다.

"무슨 생각을 그리 깊이 합니까?"

"아, 아무것도 아니에요."

잘못을 하다 들킨 아이처럼 시선을 돌리며 급히 안으로 향하는 효주를 바라보며 태호는 쓴웃음을 짓지 않을 수 없었다.

아직도 갈 길이 멀다는 생각이 들었다.

다음 날 아침, 출근길의 차 안.

"토요일자 기사 보셨습니까?"

"무슨……?"

의아한 시선으로 바라보는 이 회장을 향해 태호가 보다 구체적으로 물었다.

"중앙정보부 요원 300명을 일시에 해고한다는 기사 말입니다."

"왜? 그거와 우리 그룹이 뭔 상관이 있어?"

"기획실 내에 정보 요원들도 많이 필요할 것 같아서요."

"흐흠……!"

침음하며 생각에 잠겼던 이 회장이 태호의 생각에 동의하는지 물었다.

"얼마나?"

"한 백 명 정도 생각하고 있습니다."

"그렇게나 많이?"

"정보사회입니다. 정보에 뒤쳐져서는 아무것도 할 수 없습니다. 때로는 라이벌들을 이기려면 공작도 필요하고요."

"자네 생각에 동의한다 해도 문제가 있어."

"네?"

"일시에 그들을 고용한다면 정부에서 이상한 눈으로 우리 그룹을 바라보지 않겠어?"

"맞는 말씀입니다. 하면 순차적으로?"

"일단 20명만 유능한 놈들로만 골라 채용하는 것으로 하지."

"알겠습니다, 회장님!"

"부모님은 무고하시고?"

뒤늦은 인사에 태호가 어렵게 입을 떼었다.

"네, 회장님! 한데 부탁드릴 게 하나 있습니다."

"뭔데? 무슨 부탁이든 해봐."

"스물두 살 먹은 여동생이 하나 있는데, 제과 공장에라도 취직시켰으면 하고요."

"그야 일도 아니지. 뜻대로 해."

"감사합니다. 회장님!"

고개를 끄덕인 이 회장이 부언했다.

"사돈처녀인데 좀 더 편안한 부서로 배치하도록 하고. 그 정도로 감사를 표할 정도면 내게 감사할 일이 너무 많을 것 같은데, 안 그런가? 하하하!"

"그렇습니다. 회장님! 그런데……."

"할 말 있으면 뭐든지 해봐."

"제과 공장 내에 야간 중, 고등학교를 설립하는 것은 어떻습니까? 회장님!"

"여공들을 위해서 말이야?"

"네, 회장님!"

"그깟 몇십 원 하는 껌 팔아 뭐가 크게 남는다고……."

"7~8년 후면 노동자들의 요구가 봇물처럼 터져 나올 겁니다. 그러니 미리 선제적으로 대응할 필요가 있습니다, 회장님!"

"자네 말대로 그런 일이 일어난다고 해도, 아직 시일이 많이 남았으니 그 문제는 그때 가서 생각해 보자고."

동의할 수 없어 태호가 입을 닫고 고개만 끄덕이고 있는데 이 회장이 물었다.

"다른 문제는 없는가?"

"금번에 신제품 개발을 많이 주문하다 보니 인력이 사방으로 나뉘게 되어 있는데, 아무래도 이를 한곳으로 몰아야 보안이나 효율성 측면에서도 나을 것 같습니다."

"그렇게 문제가 되는 것은 그 사유와 함께 실행 방안을 적어 기안을 올리도록. 하면 내 합당하다 생각하면 언제든 자네의 말을 들어줄 테니까."

"감사합니다, 회장님!"

"또 감사인가? 하하하!"

태호가 이 회장의 말에 멋쩍은 웃음을 짓고 있는데 차는 어느덧 회사 경내로 들어서고 있었다.

태호가 사무실에 출근해 보니 7시 30분인데 벌써 대부분의 직원들이 출근해 있었다.

"굿모닝!"

"좋은 아침입니다, 실장님!"

손을 들어 인사를 한 직원들에게 답례를 한 태호는 곧장 자신의 방으로 들어갔다. 이 양은 아직 출근하지 않았는데 자신의 책상 위에는 세 명의 팀장이 작성해 올린 실행 계획서가 올라와 있었다.

이를 차례로 찬찬히 읽어본 태호가 곧 제1차장 조동화를 자신의 방으로 불러들였다. 그리고 그가 작성해 올린 실행 계획서를 들고 말했다.

"이 내용을 보면 전국의 맛집 장인을 섭외해 치킨이나 라면 스프를 개발하겠다고 했는데, 그 방향성은 좋습니다. 문제는 둘 다 일정하게 맛을 유지하는 것입니다. 그렇게 되려면 메뉴 얼화할 필요가 있습니다. 치킨을 예로 들면, 어느 기름에 몇 도로 몇 분을 튀겼을 때 가장 맛이 좋은가를 알아놓는 것은 기본이고 양념도 계량화해 적어놓아야 하지요. 이런 식으로 세세하게 그 표준을 작성해 놓으면, 사람이 바뀐다 해도 그 맛을 일정하게 유지할 수 있을 것입니다."

"알겠습니다. 반드시 그렇게 시행하도록 하겠습니다."

"KFC나 맥도널드 본사에도 사람을 파견한다고 되어 있는데, 그 사람은 그 회사와 연고가 있는 사람입니까?"

"아닙니다. 미국 유학파로 영어에 능통하고 그곳에서 그 맛을 접해본 것이 유리할 것 같아 그 사람을 선정했습니다."

"그것도 좋지만 협상 전문가도 한 사람 포함시키는 게 좋겠습니다. 그들과 협업을 한다 해도 로열티를 많이 준다면 우리가 남겨 먹을 게 없을 테니까요."

"네, 실장님!"

"됐습니다. 나가시는 대로 2팀장 좀 불러주세요."

"네!"

조동화가 꾸벅 인사를 하고 나가려는데 이 양이 방 안으로 들어섰다.

"안녕하세요? 실장님!"

"휴일은 잘 보냈어요?"

"네, 실장님!"

"커피 한잔 부탁해요."

"네, 실장님!"

이 양이 실하게 발달한 둔부를 살랑이며 사무실 한편으로 걸어가 커피 물을 올려놓고 있는데 2팀장 김찬기가 실내로 들어섰다.

"부르셨습니까? 실장님!"

"네, 이쪽으로 와 앉아요."

"네!"

그가 맞은편 소파에 앉자 태호가 말했다.

"실행 계획서에 따르면 각 분야별로 담당을 지정해 책임을 갖고 추진한다는 것, 그리고 그 분야의 유능한 인물을 책임 연구원으로 발탁하여 연구를 진행한다는 것까지는 좋습니다. 그런데 문제는 연구에 종사할 사람들이 한둘이 아니고 어느 분야는 수십 명씩 될 텐데, 이들을 한군데로 모으지 않고 각 소속 분야의 장소에 둔다는 것은 비효율적일 것 같습니다. 따라서 신제품 개발에 종사할 사람들은 한 장소로 모으고, 모두 기획실 소속으로 하는 체계를 갖추는 게 좋을 것 같습니다."

"알겠습니다, 실장님!"

"내 생각에는 연구소를 대규모로 지어 한군데로 모으면 상호 교류도 할 수 있고 보안을 유지하는 데도 좋을 것 같습니다. 따라서 이 문제는 내게 맡겨주십시오. 회장님께 건의하여 추진하도록 할 테니."

"네, 실장님!"

"커피 한잔하겠습니까?"

"이미 마셨습니다."

"그럼 나가면서 3팀장 좀 불러주세요."

"네, 실장님! 그럼……."

김찬기가 꾸벅 인사를 하고 나가고 잠시 후 3팀장 오세영이 방 안으로 들어왔다. 이때였다. 내선 전화가 불을 번쩍였다.

그러자 이 양이 재빨리 달려들어 전화기를 집어 들었다. 그리고 회장의 전화인지 이 양의 '네, 회장님' 소리가 몇 번에 걸쳐 들려왔다. 그러는 동안 태호는 3팀장을 맞은편 소파에 앉히고 말했다.

"적자가 나는 기업을 통폐합하여 구조 조정을 단행하고 조직을 슬림화한다는 내용은 좋습니다. 그런데 내가 언급한 탐광 시추 계획은 어떻게 되었습니까?"

"광진 문경출장소에 제 아는 친구가 있어 계획을 잡았기에 생략했습니다."

"잘하셨습니다."

이때였다. 통화를 끝내고 기회만 엿보고 있던 이 양이 태호에게 말했다.

"실장님! 회장님이 급히 찾으십니다."

"알겠소. 급해도 커피는 마시고 가야겠으니 커피나 한잔 줘요. 아, 여기 3팀장 것까지."

"아, 아닙니다. 저는 이미 마셨습니다."

"그럼, 나가 일 봐요."

"네, 실장님!"

오세영이 나가고 잠시 후 이 양이 커피를 타오자 태호는 빠르게 커피 한 잔을 비우고 회장실로 향했다.

잠시 후 태호가 회장실로 들어서니 이미 실내에는 선객이 있었다. 맏사위이자 시멘트 사장이기도 한 소인섭이 그였다.

"부르셨습니까? 회장님!"

태호의 등장과 인사에 만면에 훈훈한 봄바람 같은 웃음을 지은 이 회장이 반갑게 맞았다.

"이리 와 앉아요."

"네, 회장님!"

답한 태호가 소인섭의 곁에 조심스럽게 앉자 이 회장이 말했다.

"기획실의 경기 전망 예측 보고서로는 건설 경기가 계속 활황일 것이라고, 레미콘 공장을 증설했으면 하는 예상 보고서가 있소. 따라서 그 장소로 어느 곳이 좋을까 하고 둘을 불렀소. 소 사장부터 말해보오."

공적 업무 자리가 되자 사위에게도 존칭을 사용하는 이 회장의 말에 소인섭이 즉답을 못하고 우물쭈물하고 있는데 태호가 자신만만하게 말했다.

"제가 조사한 바로는 서울 인근에 레미콘 공장이 부평 한 곳밖에 없습니다. 타 회사에 비해 상대적으로 적다는 생각이 듭니다. 따라서 수도권에 건설 경기 붐이 일어나면 감당을 못

할 것으로 사료되어집니다. 그런고로 저는 고양군과 평촌, 분당, 부천 중동, 군포 산본 등에 각각 1개씩의 레미콘 공장을 설립했으면 합니다."

"너무 많지 않소?"

소인섭의 말에 태호가 고개를 흔들며 말했다.

"솔직히 저는 레미콘 공장으로서의 이익보다는 시세 차익을 노리고 있습니다."

이에 이 회장이 의아한 시선으로 말했다.

"평촌이나 분당은 이해가 가나 고양군이나 군포 산본 같은 곳은 가격이 오르려면 오랜 세월이 필요할 것이야."

이 회장의 회의적인 말에도 태호의 목소리에는 자신감이 넘치고 있었다.

"꼭 그렇지도 않습니다, 회장님! 조사해 보면 아시겠지만 제가 찍은 곳은 모두 대규모 아파트가 들어설 여건을 갖춘 것이고, 서울이 이대로 과밀화가 진행된다면 10년 안에 이 지역은 제 말대로 대규모 아파트 단지가 조성될 것입니다. 그것도 민간 차원이 아닌 정부의 정책사업으로. 따라서 시세 차익이 어마어마할 것이니 가급적 넓은 용지를 확보하되 설비는 적게 갖추는 게 좋겠습니다."

"흐흠……!"

이 회장이 침음성을 발하며 생각에 잠기는데 태호가 덧붙였다.

"따라서 제가 말한 곳은 공장을 세운다 해도 아파트 용지로 전용될 것을 감안해 용지 확보는 최대로 하되 설비는 작게, 그 대신 기존 부평 공장은 지금보다 다섯 배 확장할 수 있는 용지를 확보하는 게 좋겠습니다. 진짜 건설 붐에 대비해야지요."

"소 사장은 기획실장의 말을 어떻게 생각하나?"

"일리는 있으나, 점쟁이도 아니고 꼭 집어 그곳이 그렇게 되리라는 예상은 할 수 없습니다, 회장님!"

"들었나?"

"아니면 부평 공장을 덜 증설해 수도권에 진짜로 물량을 공급하면 되고, 땅을 사놓으면 오르면 올랐지 최소 20년간은 떨어질 염려는 없으므로, 절대 손해가 나지 않을 것입니다. 회장님!"

"기획실장의 말이 옳긴 옳은데……"

턱을 쓰다듬으며 생각에 잠겼던 이 회장이 곧 단안을 내렸다.

"좋아! 기존 지방에 산재한 부동산 중 가격이 오를 만큼 오른 곳을 팔아 이쪽을 매입하는 것으로 하지. 알아들었나?"

"네, 회장님!"

소 사장이 즉시 답하는 가운데 태호가 다시 발언을 했다.

"제가 알고 있기에 레미콘이라는 것은 물과 시멘트, 골재 등을 섞어서 만든 후 트럭 믹서(Truck Mixer)를 통해 현장까지 운반하는 '굳지 않은 콘크리트'를 말하는 것으로 아는데 맞습니까?"

"물론이오."

"하면 시멘트와 모래 등의 원료를 혼합해 공사 현장에서 물만 섞으면 금방 회반죽화할 수 있는 제품을 만드는 것은 어떻습니까? 그것을 기존의 시멘트마냥 포대 단위로 만들어 판매하되, 그 용량은 40kg서부터 5kg까지 다양화하는 것으로. 그렇게 되면 소규모 공사나 모래 등을 사야 하는 번거로움을 피하기 위해서라도, 사용하는 사람들이 많을 것 같은데 말이죠?"

"아, 그거 좋은 아이디어일세. 소 사장, 즉시 시행해 봐."

"네, 회장님!"

소인섭이 뭐라 답변하기도 전에 이 회장이 즉석에서 찬성하고 나오니 훗날 '레미탈'이라 명명된 신제품이 개발되어 머지않아 시중에 선을 보이게 되었다.

"한곳에 모으기로 한 신제품 개발 연구소 말입니다, 회장님!"

"말해봐."

"그 후보지로 판교쯤이 적당할 것 같은데 회장님 생각은 어떠십니까?"

"그곳도 대단위 아파트가 조성될 수 있는 적지인가?"

'아' 하면 '어' 알아듣는 이 회장의 비상한 머리 회전을 보며 태호는 회장은 아무나 하는 것이 아니라는 생각을 하며 말했다.

"네. 그러나 이곳은 레미콘 공장 용지보다는 보다 훗날에 개발될 것으로 사료되어 추천하는 것입니다, 회장님!"

"그렇다면 기획실장의 말대로 추진하도록 해."

"한데 이 모든 용지에 대한 조사도 정보원들이 하면 훨씬 잘할 것 같은데……."

"자네 말은 기존 정보 요원을 고용하는 데 있어서 20명으로는 부족하다는 이야기 아닌가?"

"그렇습니다."

"문제는 소문이 나면 곤란하다는 이야기야. 따라서 소문 안 내고 말썽 없이 고용할 수 있으면 자네 말대로 100명을 채용해도 좋아!"

"감사합니다, 회장님!"

두 사람의 오가는 대화에서 소인섭은 자신의 예상대로 세 번째 사위로 낙점된 자가 정말 실세가 되어가는 것을 실감할 수 있었다.

이 회장의 말 중에서 지방의 오를 대로 오른 부동산을 처분하라는 지시가 있었던 것처럼 삼원그룹이 재계 랭킹 15위에 올라 있는 것은, 그 산업 설비나 규모보다는 처처에 산재해 있는 부동산과 현금 동원 능력을 재계는 물론 증권가나 언론에서 높이 평가했기 때문이다. 그만큼 삼원그룹은 내실이 있었던 것이다.

아무튼 회장실을 물러 나온 태호는 곧장 본사 건물과 함께 자리 잡고 있는 제과 공장을 찾았다. 그러자 생산 설비가 돌아가는 소음과 온갖 과자를 굽느라 뜨거운 열기 속에서, 성비가 반반 정도로 나뉘어 있는 남녀 직원들이 분주히 움직이며 생산에 전념하고 있었다.

이를 무심한 눈으로 바라보며 라인을 타고 죽 전진하던 태호가 걸음을 멈춘 곳은 2층으로 통하는 계단이었다. 즉, 중앙 통로를 타고 계단을 오른 태호는 3층에 올라와서야 방화문 사이로 들리던 소음에서조차 해방되었다.

즉, 3층에 과자공장 자체 내의 사무실이 있었던 것이다. 복도에 붙은 부서명을 읽으며 전진하던 태호가 걸음을 멈춘 곳은 '공장장'이라는 팻말이 붙은 곳에서였다.

똑똑!

태호가 노크를 하니 여성의 가냘픈 목소리가 들려왔다.

"들어오세요."

태호가 커다란 목문을 열고 들어서니 바로 비서실로 아리

따운 여성 한 명이 앉아 있었다. 의아한 눈으로 바라보는 그
녀에게 태호가 말했다.

"전략 기획실장 김태호입니다. 공장장님 계십니까?"

"아, 네……!"

공장장의 부재 유무는 말하지 않고 태호를 자세히 바라보
다가 둘의 시선이 마주치자 깜짝 놀란 그녀가 얼굴을 사르르
붉히며 말했다.

"안에 계십니다. 제가 일단 연락을 드리도록 하겠습니다."

"그러죠."

곧 그녀가 공장장실 문을 노크하고 태호는 타이트하게 입
은 그녀의 스커트 뒷자락을 바라보며 안의 대답을 기다렸다.

"들어와요."

곧 공장장의 목소리가 들려오고 잠시 안으로 들어갔던 그
녀가 다시 나와 말했다.

"들어오시랍니다."

"고맙습니다."

정중하게 답한 태호가 다시 노크를 하니 안에서 거듭 들어
오라는 말이 들려왔다. 이에 태호는 서슴없이 문을 열고 들어
가 잠시 내부를 살폈다. '초심(初心)'이라고 붓글씨가 적힌 액자
하나만 걸려 있을 뿐 장식 하나 없어 썰렁한 실내에, 이 회장
연배쯤 되어 보이는 대머리 노인이 뚫어지게 태호를 바라보고

있었다.

실태를 깨달은 태호가 정중히 고개를 조아리며 자신을 소개했다.

"전략 기획실장 김태호라 합니다."

"아! 말씀은 많이 들었소. 회장님 말씀으로는 우리 그룹에 보물이 하나 들어왔다고 하던데, 그 당사자가 당신이었군요."

"감사합니다."

다시 한번 고개를 숙이는 태호를 맞아 부드러운 웃음을 흘리며 공장장 장태수가 말했다.

"자, 이쪽으로 앉을까요?"

"네, 공장장님!"

태호가 정중하게 대할 수밖에 없는 공장장 장태수였다. 이 사람이야말로 또 하나의 숨은 실세였다. 회장과 같은 연배의 창업 동지로서 이 사람 역시 고향이 이북으로 월남인이었다.

학력 역시 국졸이나 40세가 넘어서야 결혼을 할 정도로 제과산업을 발전시키기 위해 그야말로 일생을 바쳐온 사람이었다. 요즈음도 숙식을 가끔 공장에서 할 정도로 사업 초창기에는 아예 야전침대를 공장에 들여놓고 제과 공장 발전에 열과 성을 쏟은 사람이었다.

그 보답으로 장태수는 65세의 나이에도 엄연히 공장장으로 재직할 수 있었고, 회장에게도 직간할 수 있는 몇 안 되는 인물이기도 했다. 그런 그의 차 주문 소리를 들으며 태호는 그의 맞은편 자리에 앉았다.

"그래, 무슨 일로 날 찾았소?"

"제 개인적인 부탁이 하나 있어 찾아뵈었습니다. 공장장님!"

"그래요?"

사적 부탁이라는 말에 탐탁지 않은 표정으로 반문하는 그를 보고 빙긋 미소 지은 태호가 다시 말을 이었다.

"스물두 살 먹은 제 누이동생이 있는데 국졸에 지금까지 시골에서 생활해 아무것도 모르는 아이입니다. 요는 그 아이를 그냥 시골에 두었다가는 천생 농부의 아낙이 될 것 같아, 이 공장에 자리 하나 만들어주셨으면 하고 염치없는 부탁을 드립니다."

"오빠로서의 심정은 충분히 이해가 갑니다. 하나 국졸이라면 공원으로서는 몰라도 사무직은 곤란할 것 같습니다."

이래서 회장에게 그토록 신임을 받는구나 하는 생각을 하며 태호가 말했다.

"공원이라도 상관없습니다."

"머물 데는 있는 거요?"

"아직⋯⋯."

"내가 알기로 여자 기숙사에 자리 하나가 빈 것으로 알고 있소."

"그렇게 배려해 주시니 진심으로 감사드립니다. 공장장님!"

다시 한번 정중하게 고개를 조아리는 태호를 웃음 띤 얼굴로 바라보던 장태수가 말했다.

"회장님의 지시도 있었으나 내가 사무원으로는 안 된다고 틀렸소. 훗날 이 이야기를 듣고 우리 그룹의 실세가 노여워할지 몰라, 내 미리 알려드리니 잘 부탁하오."

"무슨 과분한 말씀을……!"

이때 비서실 직원이 차 두 잔을 들고 안으로 들어왔다. 그러자 장태수가 녹차를 집어 들며 태호에게도 권했다.

"들어요."

"감사합니다."

역시 녹차였다. 뜨거움을 느끼며 한 모금 마시고 있는데 그가 물었다.

"그룹이 새롭게 나갈 꿈과 새로운 제품에 대한 기발한 안도 많이 냈다 들었소?"

"별것 아닙니다."

"어찌 되었든 우리 같은 퇴물은 이제 물러가고, 신세대가 이를 물려받아 우리가 일생을 바쳐 가꿔온 우리 그룹을 더욱 발전시켜 주길 바라는 간절한 마음뿐이오."

"꼭 그렇게 하도록 하겠습니다."

"기대하는 바가 크오."

"감사합니다. 공장장님!"

"3과에 다 패스한 사람이라 해서 건방지고 오만할 줄 알았더니 정반대군. 마음에 들었소. 앞으로도 초심을 잃지 말고 정진하기 바라오."

"네, 공장장님!"

이후에도 태호는 한동안 그룹 원로의 잔소리(?)를 듣다가 그곳을 물러나왔다.

*　　　*　　　*

이날 저녁 태호는 8시가 넘어서야 이장 댁에 전화를 걸어 여동생 경순을 서울로 오라는 전갈을 보냈다. 이 시간에 한 이유는 낮에는 일을 하느라 집 안에 거의 사람이 없기 때문이고, 이장 댁으로 전화를 건 이유는 100호가 넘는 동네에 전화라고는 딱 2대가 있어, 그래도 비교적 가까운 그 집으로 했던 것이다.

아무튼 전화를 걸고 자신의 방을 나오니 사무실에는 대부분의 직원들이 남아 잔업을 하고 있었다. 이 당시 모든 직장인들이 잔업을 하는 것은 보통이고, 특히 대우그룹 같은 경우의 간부들은 새벽 6시 출근해, 밤 11시가 넘어 퇴근하는 것이 일상인 시절이었다.

어쨌거나 상사가 먼저 퇴근함으로써 직원들을 덜 불편하게
한 태호는 곧장 집으로 향했다.

다음 날.

여동생 경순으로부터 전화가 걸려온 것은 막 점심시간이
시작될 무렵이었다. 이에 태호는 그녀에게 터미널에서 꼼짝 말
고 기다리라 말하고, 점심도 거른 채 택시를 타고 터미널로
가 그녀를 회사로 데려왔다.

경내에 들어와서도 높은 본사 건물과 3층으로 크게 자리한
제과 공장을 보느라 정신이 없는 여동생을 태호가 불렀다.

"경순아!"

"네!"

"너무 그렇게 촌닭처럼 두리번거리지 마라. 시골에서 올라
온 것이 금방 티 난다."

"알았어요."

태호의 말에 얼굴을 붉히며 기어들어 가는 목소리로 답하
는 동생을 보고 태호가 또 말했다.

"너도 서울 사람들이 어떻다는 것은 들었을 것이니, 너무
순둥이같이 굴지만 말고, 때로 네가 요구하고 싶은 것이 있으
면 당당히 요구하며 살도록 해. 네 뒤에는 이 그룹의 실세인
내가 있으니 말이야. 알겠어?"

"네, 오빠!"

"그리고 네 공부 말이다."

"네."

"당분간은 기숙사에서 지낼 것이니 공부하기에 마땅치 않을 것이다. 그렇지만 오빠가 봉급 타서 돈이 모이는 대로 월세라도 하나 얻어 독립시켜 줄 테니, 지금부터 검정고시 책이라도 사서 공부해. 예 있다."

태호는 예비 장모가 몰래 집어 준 용돈 20만 원 중 10만 원을 지갑에서 꺼내 동생에게 주니, 그녀는 몇 번이고 사양하는 것을 혼까지 내가며 그녀의 손에 쥐어줄 수 있었다.

지금이라도 운만 떼면 예비 장모가 월세가 아니라 전세라도 한 채 얻어줄 것이다. 그렇지만 그건 사양이었다. 최소한의 자존심이라는 것이 있는 것이다.

어찌 되었든 이후 태호는 동생을 공장장실로 데리고 가 공장장에게 인계하며 여동생의 앞길을 닦기 시작했다.

제5장
세를 불리다

계 장군으로부터 전화가 걸려온 것은 생각보다 빠른 수요일 오전이었다. 이날 밤 8시 정각에 삼청각에서 약속을 잡았으니 준비하라는 내용의 전화였다. 감사를 표한 태호는 전화를 끊자마자 곧장 회장실로 달려갔다.

태호가 회장실로 들어서자 이 회장은 돋보기를 벗고 소파에 그와 마주 앉았다.

"군부 실세와 면담 약속이 잡혔습니다. 회장님!"

"누군데?"

"허능평이라고 실세 삼 인 중 한 사람입니다."

"항간에 떠도는 삼 허 중 한 사람이군."

"그렇습니다, 회장님!

"맨입으로 만날 수는 없잖은가?"

"그렇습니다. 선투자 개념으로 5천에서 1억 선이 적당할 것 같습니다."

"그렇게나 많이?"

"두고 보면 아시겠지만 곧 신군부가 집권할 것이고, 이들 눈에 거슬리면 대마불사라는 대기업 집단도 하루아침에 풍비박산이 날 수 있습니다. 반대로 잘 보이는 기업은 새우가 고래를 삼키는 기현상도 발생할 것입니다."

"흐흠……! 그런 무도한 놈들이라면 충분히 가능한 얘기지. 하여튼 우리나라에서는 정말 기업하기가 어려워. 경제가 정치에 종속되어 있으니, 이거야 원!"

개탄하던 그가 크게 한숨을 짓고는 말을 이었다.

"몇십 원짜리 껌 팔고 과자 부스러기 팔아 번 천문학적 돈을 뜯긴다 생각하면 당장에라도 공장 문을 닫고 싶지만, 여기에 목을 매고 있는 종업원들을 생각하면 그럴 수도 없는 노릇이고 말이야."

"어쩔 수 없는 대한민국 기업인들의 숙명이라 생각하고 투자 개념으로 생각하시는 게 좋겠습니다. 회장님!"

"그래야 배가 덜 아프겠지?"

태호가 대답 대신 엷게 웃고 있으니 이 회장이 다시 물었다.

"함께 가는 것이 좋을까? 아니면 자네 혼자……."

"함께 가서서 인사 정도는 나누고……."

"빠지란 말이지?"

"구체적인 이야기는 실무선에 위임하는 것이 낫지 않을까 싶습니다."

"그렇겠지. 5천 정도 들고 가기로 함세."

"알겠습니다, 회장님! 그런데 당장 무엇을 기대하시면 곤란합니다."

"그 정도는 나도 알고 있어. 로비로 지탱해 왔다 해도 과언이 아니니까."

고개를 끄덕인 태호가 구체적인 장소와 시각을 말했다.

"오늘 밤 8시 삼청각 청천당에서 면담을 갖기로 했습니다, 회장님!"

"알겠네. 내 준비하지."

"그럼, 이만……."

그길로 회장실을 물러 나온 태호는 앞으로의 일을 곰곰이 생각했다.

*   *   *

이 회장과 태호가 성북구 삼청각 정원 주차장에 도착한 것은 7시 40분이었다. 이에 주차 관리인을 붙들고 계 장군과 허능평 씨의 도착 여부를 물으니, 두 사람 모두 아직 오지 않았다는 답변을 들었다.

그래서 두 사람이 정원에서 기다리고 있으니 10분 후 계 장군이 먼저 나타났다. 차에서 내리는 그를 쫓아가 맞은 태호가 인사를 하고는 두 사람을 소개시켰다.

"이분으로 말할 것 같으면 현 3군 사령관으로……."

"오늘 날짜로 옷을 벗은 야인일세."

"네?"

"그렇게 알고, 이분이 삼원그룹 회장님이시군."

"그렇습니다."

"TV에서 몇 번 뵀었지만 더 젊어 보이십니다?"

"반갑습니다. 이명환이라 합니다."

"계영철입니다."

두 사람이 인사를 나누고 있는데 차 한 대가 미끄러져 들어왔다. 곧 그 차에서 허능평이 내렸다. 현 보안사령관 전두환의 보안사 비서실장으로 근무하고 있어 음지에서 무소불위의 권력을 휘두르고 있는 자였다.

그런 그이지만 계 장군을 발견하고는 먼저 거수경례와 함께 말했다.

"장군님 같은 분이 더 오래 군부에 남아 계셔야……."

"새 술은 새 부대에 담아야 하고, 물러날 때를 알아야 진정한 군인일세."

"많이 아쉽습니다."

악어의 눈물과 다름없지만 일단 모시고 있던 분에 대한 예우를 한 허능평의 시선이 이 회장과 태호에게 향하자 계 장군이 말했다.

"만나기를 소원한 삼원그룹의 총수와 기획실장일세."

"아, 네. 허능평입니다."

먼저 그가 다가와 손을 내밀자 이 회장과 태호도 그와 악수를 나누며 통성명을 했다. 이렇게 서로 간의 수인사가 끝나자 기다렸다는 듯 계 장군이 앞장을 서서 일행을 오늘의 약속장소인 청천당으로 안내하기 시작했다.

머지않아 일행은 청천당에 도착했다. 일행이 잘 조성된 정원수 사이로 별도의 담장까지 갖춘 독립된 한옥의 대문에 도착하니, 이들을 영접하려 기다리는 사람들이, 아니, 여인들이 있었다.

마담과 한복을 곱게 차려입은 네 명의 기생(?)들이었다.

"어서 오세요!"

"자, 안으로 들어갈까?"

"네, 장군님!"

익숙한 듯 계 장군이 앞장을 서는데 마담이 뒤쳐져 이 회장에게 알은척을 했다.

"회장님, 정말 오래간만이네요."

"잘 지냈지?"

"네, 덕분에요."

그사이 두 명의 기생이 허능평을 에워싸 안으로 들어가고 태호만이 개밥의 도토리가 되어 뒤쳐졌다. 이렇게 해서 단아하게 지어진 한 채의 한옥에 도착한 일행은 곧 내부로 들어갔다.

내부에는 이미 하얀 모조지 위에 수많은 밑반찬이 정갈하게 차려져 있었고, 주변에는 거문고와 장구 등도 보였다. 이를 본 계 장군이 먼저 자리를 잡고 앉으며 말했다.

"술부터 한잔하지."

이에 허능평이 화답했다.

"네. 시바스 리갈 18년산 정도면 좋겠습니다."

"들었지?"

"네, 장군님!"

마담이 답하고 곧 술과 안주를 준비시켰다. 허능평이 말한 시바스 리갈은 박정희 대통령이 궁정동 최후의 만찬에서 마셨던 양주로 잘 알려진 스카치위스키로, 18년산 정도면 과히 비싸지 않아 월급쟁이도 마실 수 있는 무난한 가격대의 양주였다.

그러니까 딴에는 청렴(?)한 군인이라는 걸 자랑하려는 것인지 몰라도 태호의 눈에는 눈 가리고 아웅 하는 것 같아 유쾌한 기분은 아니었다. 아무튼 곧 술이 들어오고 첫 잔은 마담이나 기생들을 물리치고 서로 따라주는 것으로 잔이 채워졌다.

곧 건배와 함께 술잔을 비운 허능평이 '캬~!' 소리와 함께 말했다.

"세련된 벨벳과 같이 부드러운 맛은 따뜻한 느낌이면서도 오랜 여운을 남긴단 말이야."

맛을 안다는 듯 허능평이 시바스 리갈 예찬론을 폈지만 태호로서는 전혀 그런 맛을 느낄 수 없었다. 전생에서부터 청탁불문으로 이 술, 저 술 가리지 않고 말술을 마시지만, 태호로서는 술은 단지 취하기 위한 도구라는 생각 외에 아무 생각이 없었다.

아무튼 이렇게 몇 순배의 술잔이 돌자 계 장군이 마담 이하 네 명의 기생을 내보냈다. 그리고 이 회장에게도 눈을 끔뻑끔뻑하며 말했다.

"우리 두 사람은 잠시 소피 좀 보고 올 테니 이야기 나누고 계시오."

애초의 약속과 다르게 상황이 전개되자 태호는 지금이 그에게 청탁을 할 때라 생각하고, 품 안으로 손을 넣어 흰 봉투를 꺼내 허능평에게 밀며 말했다.

"약소하지만 수사비에 보태 쓰셨으면 좋겠습니다."

"호의는 고맙지만 대가 없이는 받을 수 없소."

"네?"

"부탁이 있으면 하란 말이오. 내가 들어줄 수 있으면 이 돈을 받을 것이고, 아니면 받을 수 없소."

의외의 반응에 잠시 멈칫했던 태호가 입을 떼었다.

"금번에 우리 그룹에서는 대대적으로 해외망을 개설하려 합니다. 이제 국내에 안주하지 않고 수출을 하되, 기왕이면 처음부터 다변화하려는 것입니다. 그래서 유능한 해외 파트 인력이 많이 필요한데, 금번에 해고된 정보부 요원 중에서도 인재가 많을 것 같아……."

"흐흠……!"

침음하던 그가 생각 끝에 말했다.

"그 문제라면 정보부 비서실장인 허무도가 더 적임이지만 내 생각에는 말이오. 금번에 해고된 자들이 부정 축재, 안일 나태, 방종 등의 문제가 있긴 하지만, 인재는 인재라는 생각이 드오. 따라서 그들을 사장시키는 것도 나라 전체로 보면 큰 손실인바, 허무도를 직접 만나게 해드릴 수는 있소."

"그렇게 해주시면 정말 감사하겠습니다."

"용건은 이뿐이오?"

"네."

"그렇다면 크게 해가 될 돈은 아닌 것 같소."

말과 함께 5천만 원짜리 수표가 든 흰 봉투를 품속에 넣은 그가 감사의 인사말을 전했다.

"잘 쓰겠소."

"약소해서 민망합니다."

"자, 둘이 한잔할까요?"

"네, 실장님!"

곧 두 사람은 잔을 부딪치고 각자의 입으로 담황색 양주를 쏟아 넣었다. 스트레이트였다.

이날 태호는 이 회장과 협의를 거쳐 계 장군을 그룹의 고문으로 재직시켜 줄 것을 정식으로 요청했다. 그러나 계 장군은 이를 정중히 거절했다. 그 변은 지금까지 쉼 없이 살아온 생이므로 당분간은 아무 생각 없이 쉬고 싶다는 것이었다.

아무튼 이렇게 해 허능평을 만나 일종의 보험도 들고 허무도와의 만남도 약속받아 소기의 목적을 달성한 둘은 통금이 가까워서야 집으로 돌아올 수 있었다.

그로부터 삼 일이 지난 토요일 저녁 8시.

태호는 이날 혼자서 정보부 비서실장인 허무도를 만나러

갔다. 그 자리에는 소개인 허능평이 참석해 구면을 뽐내며 서 먹해질 수 있는 둘만의 자리를 많이 완화시켜 주었다.

이 자리에서 태호는 결국 또 5천만 원을 헌상하고 정보부 2차장을 소개받기로 했다. 그리고 일요일인 그다음 날, 역시 삼청각에서 태호는 허무도와 오찬을 함께했다. 이 자리에는 해외 파트 담당이었던 2차장 정태화도 함께 참석했다.

식사를 끝낸 허무도가 먼저 자리를 빠져나가자 둘은 술자 리를 이어나갔다. 반주로 시킨 술에 이어 본격적인 술자리가 시작된 것이다. 그렇게 몇 잔의 술을 더 하고 나서 태호가 정 태화에게 물었다.

"대충 들으셨겠지만 차장님을 비롯해 많은 인재들을 모시 고 싶습니다. 데리고 있던 부하들 중 금번에 몇 명이 직을 잃 었습니까?"

"100여 명 정도 되오."

사십 대 후반에 금테 안경을 써서 더 날카로워 보이는 정태 화의 대답에 고개를 끄덕인 태호가 본격적인 교섭에 들어갔 다.

"차장님 이하 전원을 우리가 특별 채용하고 싶습니다. 물론 대우는 섭섭잖게 해드리겠습니다."

"그 성의는 감사하지만 거절하는 사람도 있을 것이오. 이미 다른 직장을 구한 사람도 있고, 차제에 엎어진 김에 쉬어가겠다는 사람도 있소."

"억지로 할 수는 없으니 당연히 원하는 사람에 한해 구인하겠습니다. 대충 몇 명 정도나 될까요?"

"정확한 것은 파악해 봐야 알겠지만 내 예상으로는 한 70명 정도?"

"그렇다면 국내 파트는 물론 대공 파트에 근무했던 분들도 상관없으니, 차장님께서 수고 좀 하셔서 100명 정도를 특별 채용하고 싶습니다."

"흐흠……!"

잠시 생각에 잠겼던 정태화가 입을 뗐다.

"일단 알았으니 최대한 모아보지요."

"감사합니다."

"우리가 삼원에서 할 일은 무엇이오?"

"당연히 정보를 수집하는 데 종사하게 될 것입니다. 국내외를 막론하고 모으되, 그중에는 경쟁사의 정보도 될 수 있고, 때로는 공작도 행할 수 있습니다."

"공작?"

"기업의 라이벌이라는 것이 생각보다 경쟁이 훨씬 더 치열합니다. 따라서 상대의 공작에 우리가 당해 도태될 수도 있으니, 그것을 인지하는 순간 우리도 역공을 펼칠 수도 있다는 것이죠."

"일단 알았소. 그런데……."

주저주저 하는 그를 보고 그가 무엇을 물으려는지 직감한 태호가 답했다.

"차장님 봉급은 월 100만 원. 부하들은 직급과 능력에 따라 차등 지급하는 것으로 하죠. 물론 활동비는 별도로 지급해 드리겠습니다. 여기에 보너스도 있으니 실제 연봉은 훨씬 많을 겁니다."

이 당시 대기업 초임이 대략 20만 원 정도 되었다. 따라서 월 100만 원이면 이사급, 웬만한 기업은 전무급에 해당하는 보수라 할 것이다. 그런데 여기에 판공비며 보너스까지 준다면 최소 월 150만 원은 넘을 것이므로, 결코 작지 않은 금액이었다. 이렇게 되자 정태화도 흔쾌히 응했다.

"좋습니다!"

이를 받아 태호가 아예 못을 박으려 달려들었다.

"차장님은 내일부터 출근하는 것으로 하시죠?"

"이거야, 원! 갑자기 출근하라니 더 놀고 싶군요."

"하하하!"

태호의 대소에도 불구하고 전혀 미소조차 짓지 않은 그가 말했다.

"알았소. 삼원 본사로 출근하면 되지요?"

"8시까지 18층 전략 기획실로 오시면 됩니다."

"알겠소."

이렇게 합의를 끝낸 둘은 이때부터 본격적인 술자리를 가졌다.

*　　　*　　　*

태호가 술자리를 파하고 집으로 돌아온 것은 6시가 조금 넘은 시각이었다. 태호가 낮술로 술 냄새를 풀풀 풍기며 현관 안으로 들어서자, 문을 열어준 예비 장모 춘심이 코를 틀어쥐며 말했다.

"아이고, 술 냄새야!"

"어쩔 수 없이 마셨습니다."

두 사람이 하는 짓을 바라보며 흔들의자에 앉아 있던 이회장이 물었다.

"잘되었나?"

"네, 회장님!"

이 회장 가까이 다가간 태호는 그때부터 자세한 전말을 전했다. 그러자 끝까지 경청한 이 회장이 잠시 생각에 잠겼다 말했다.

"문제가 하나 있군."

"네?"

"정보 요원들도 자네 직속으로 배속시켜야 할 것 아닌가?"

"그렇습니다."

"한데 부하 월급이 훨씬 많군. 그것도 하나둘이 아닐 것이니."

"제 월급은 얼마 정도로 책정되었습니까?"

"60만 원!"

이 회장의 말에 태호가 생각에 잠기는데 그가 부언했다.

"부장급 노임이야. 물론 오래된 부장은 더 많겠지만."

"만족합니다."

"허허……!"

알 수 없는 웃음을 흘린 이 회장이 중얼거리듯 말했다.

"부하의 월급이 더 많다라? 그렇다고 무조건 직급을 올릴 수도 없고."

"직급도 물론 중요합니다만, 맡은 역할을 저는 더 중요하게 생각하고 있습니다."

"하면 2차장인가 뭔가 하는 위인의 직급은 또 뭐로 책정한단 말인가?"

"그것 참, 모순이네요. 차관급을 차장에 보임하기도 그렇고."

"그러니 내가 하는 말 아닌가?"

"해결 방안은 천생 자네의 직급을 올리는 수밖에 없어."

"……."

태호가 묵묵히 생각에 잠겨 있자 이 회장이 덧붙였다.

"자네 직급을 상무이사로 하지. 단, 봉급은 60만 원이야."

"알겠습니다."

"허허……! 이것 참!"

자신이 말해놓고도 모순임을 아는지 입맛을 다시는데 춘심이 꿀물을 타왔다.

"이거 마셔봐."

"감사합니다."

태호가 한 대접의 꿀물을 꿀꺽꿀꺽 순식간에 다 비우는데, 2층 계단에서 발소리가 들리더니 효주가 모습을 드러냈다. 그녀 역시 거실로 내려오자마자 코를 틀어쥐었다.

"아이고, 술 냄새야!"

코맹맹이 소리가 귀여워 자신도 모르게 미소를 지은 태호가 큰 소리로 말했다.

"낮술 한잔했습니다."

"무슨 고민 있어요?"

"네."

태호의 대답에 이 회장과 춘심이 의아한 표정을 짓는 가운데 태호가 다시 말했다.

"효주 씨의 마음을 어떻게 해야만 얻을 수 있을까, 목하 고민 중입니다."

"시간 좀 달랬잖아요?"

톡 쏘는 그녀를 향해 태호가 다시 말했다.

"잠시 산책 좀 할 수 있을까요?"

"아직도 더울 건데……."

망설이는 그녀에게 태호가 답했다.

"시원한 그늘도 있습니다."

"그렇다면 못할 것도 없죠."

'좋아요!' 한마디면 될 것을 이상하게 빙 돌아가는 그녀의 말재주에 빙긋 웃음 지은 태호가 먼저 현관문을 열고 나갔다. 곧 효주가 그의 뒤를 따랐다.

이 모습에 이 회장 부부가 기분 좋은 웃음을 짓는 가운데, 태호는 잔디밭을 걸어 등나무 터널 속으로 들어갔다. 그 속은 밝은 대낮이지만 조금 어두웠다. 태호가 그 안에 마련된 나무 의자에 앉자, 효주 역시 따라와 같은 의자에 스커트를 여미더니 조금 거리를 두고 앉았다.

이에 태호가 바지 주머니에서 손수건을 꺼내 그녀에게 내밀며 말했다.

"깔고 앉으세요."

"괜찮은데……."

"벌레가 있을지도 모릅니다."

"네?"

자신도 모르게 반사적으로 일어난 그녀가 자신이 앉은 자리를 한번 살펴보고는 아무것도 없자 안도의 한숨과 함께 태호가 내민 손수건을 받아 그 자리에 깔았다.

그리고 그 위에 조심스럽게 앉아 할 말 있으면 하라는 표정으로 태호를 건네다 보았다.

"데이트 한번 하실래요?"

밑도 끝도 없이 치고 들어오는 말에 효주가 굳은 표정으로 말했다.

"이렇게 대화를 나누면 되지, 별도의 만남이 뭔 필요가 있어요?"

"맛난 것도 사주고, 좋은 옷도 한 벌 사주고 싶습니다."

"돈은 있어요?"

"가불하면 됩니다."

"호호호!"

태호의 말에 기분 좋은 웃음을 토해내던 그녀가 말했다.

"월급이 얼만데요?"

"60만 원이랍니다."

"그것 갖고 나 먹여 살릴 수 있겠어요?"

"삼시 세끼는 충분히 해결할 수 있지 않겠습니까?"

"누가 요새 끼니 걱정해요."

"촌에 가면 아직도 그런 집이 많습니다."

"고루하긴. 사치는 몰라도 문화 생활도 해야 하잖아요."

"매해 월급도 오를 것이니 충분합니다."

"그렇다 치고, 집은요?"

"이 집에서 살라고 하시던데요?"

"나는 싫어요. 지금까지 감시받고 살아온 것도 힘든데 시집 가서도 감사받는 생활을 하는 것은 질색이에요."

"그렇다면 단칸방 월세부터 시작하지요?"

"못 할 것도 없죠."

"연탄불도 수시로 갈아야 하고 생각하는 것과 같이 낭만적 이지는 않습니다."

"그런 생활도 한번 해보고 싶어요."

"거참……!"

이 말뜻에는 '부유하게 살아 뭘 모르네' 하는 태호의 심정 이 담겼다. 이를 모를 리 없는 그녀가 오히려 반문했다.

"왜? 못 할 것 같아요?"

"잘하겠지만 걱정은 됩니다."

"소꿉장난 같아 재미있을 것 같아요."

철부지의 환상을 깨기 위해서라도 태호는 그녀의 말에 한 발 더 나갔다.

"시누이 한 명도 데리고 살아야 되는데요?"

"단칸방은 곤란하고 두 칸이라면 문제없을 것 같아요."

말없이 고개를 끄덕인 태호가 말했다.

"그런 정신이라면 나도 많이 기대가 됩니다."

"내가 고생을 모르고 자라, 평범한 가정 생활을 못할 것이라는 것은 편견이에요."

"고맙습니다."

태호의 정중한 인사에 효주가 깜짝 놀라 말했다.

"어머! 우리가 지금까지 무슨 이야기를 나눈 거지요?"

"효주 씨도 그만큼 저에게 마음의 문을 열었다는 반증 아닐까요?"

"그럴지도……."

중얼거리듯 말한 그녀의 시선은 서서히 서쪽으로 기울기 시작하는 태양에 멎어 있었다.

*　　　*　　　*

정태화 실장이 월요일부터 출근해 100명의 정보 조직을 갖추는 데 일주일이 걸렸다. 또 이에 발맞추어 1팀장은 뛰어난 맛집 장인 몇 명을 채용하기도 했다. 그렇게 6월도 마지막인 30일 월요일 아침이 되었다.

태호는 이날 아침 8시가 되자 세 명의 팀장과 함께 정태화

정보부장을 자신의 방으로 불렀다. 대외적인 명칭이 부장이지 실제는 이사급으로 책정된 그는, 그 밑에 세 명의 차장급 팀장이 있을 정도로 막강 파워를 자랑하고 있었다.

아무튼 참석한 네 명을 일일이 둘러보던 태호가 입을 떼었다.

"업무 추진 과정에서 문제는 없습니까?"

태호의 말에 기다렸다는 듯 2팀장 김찬기가 대답했다.

"신제품 제과 연구원들이 기획실로의 이관에 반대하고 있습니다."

"회장님 지시 사항인데 어떻게 그런 일이 있을 수 있소?"

"모르겠습니다. 조직적 반발을 하는 것을 보니 윗선의 지시가 있지 않을까 생각합니다만, 이는 심증일 뿐 정확한 물증은 없습니다. 실장님!"

"거참……!"

어이없는 표정을 짓던 태호가 정색한 얼굴로 정태화에게 말했다.

"지금 있을 수 없는 일이 제과에서 벌어지고 있으니, 정확한 실태 파악을 부탁드리겠습니다."

"알겠습니다."

정태화가 복명하자 태호가 다시 좌중을 돌아보며 물었다.

"또 다른 문제는 없습니까?"

"통폐합 대상인 빙과와 음료공장도 조직적인 반발을 하고 있습니다. 실장님!"

"참으로 어이없는 일의 연속이군. 이 또한 정보부장님께서 자세한 실정을 조사하여 보고해 주세요."

"알겠습니다, 실장님!"

"다른 문제는 없는 거죠?"

"……."

묵묵부답 더 이상의 발언자가 없자 태호는 다음 안건으로 넘어갔다.

"우리의 가장 시급한 문제는 적당한 땅을 매입하여 연구소를 건립하고 금번에 새로 개발할 제품의 연구 조직을 통폐합하는 일입니다. 따라서 비록 우수한 자원들을 이런 곳에 투입한다는 것이 민망하기는 하나, 내가 지목하는 곳의 땅에 대해 정보를 모아주시기 바랍니다."

"알겠습니다, 실장님!"

곧 태호는 십 년 내에 위성 신도시가 들어설 고양, 분당, 중동, 산본, 판교 심지어 위례까지 현지 시세 및 공시지가 그린벨트 유무 등의 정보를 수집케 했다.

그리고 태호는 세 명의 팀장을 모두 내보내고 정태화만 남은 자리에서 그에게 물었다.

"라면 생산업체 아시죠?"

"그걸 모르는 사람이 어디 있습니까?"

"두 곳 모두에서 스프 개발 담당자 내지 종사자를 비밀리에 포섭해 주셨으면 감사하겠습니다."

"라면사업에 진출하는 것입니까?"

"그렇습니다."

"그렇게 하자면 활동비가 필요합니다."

"알겠습니다. 그 문제는 제가 해결해 드리겠습니다."

이렇게 라면에서 가장 중요한 스프 개발 담당자나 종사자까지 포섭하라 지시했지만, 결코 유쾌한 기분은 아니었다.

신규사업에 진출한다는 것이 맨땅에 헤딩하는 것과 같이 어렵고 힘든 일이기 때문에, 그 위험성을 현저히 낮추기 위해 업계의 상투적 수법을 따르고 있지만 기분마저 개운한 것은 아니었던 것이다.

아무튼 이렇게 업무 지시를 한 뒤 태호 그 자신도 고양, 분당, 판교, 위례, 산본, 중동지역을 정보원과 함께 다니며 주변 시세, 공시지가, 그린벨트 유무 등에 대해 집중적인 조사를 했다.

그 결과는 예상한 대로 중동을 제외한 모든 지역이 개발제한구역으로 묶여 있는 것을 알 수 있었다. 이에 태호는 허능평과 허무도를 연달아 만나며 그린벨트 지역 내에 레미콘 공장을 지을 수 있게 해달라는 청탁을 했다.

그러자 두 사람 모두 힘들다는 답변을 하며 군부에 줄을 대고 있던 건설부 차관 이호규를 소개해 주었다. 이에 태호는 그에게도 청을 넣어보았으나 그런 청탁이 하루에도 수십 건씩 들어온다며 들어줄 수 없다 했다.

이렇게 되니 태호로서는 난감해질 수밖에 없었다. 그때 마침 그의 머리에 떠오르는 생각이 있었다. 그러고 보니 너무 먼 곳을 헤매고 다니고 있다는 생각을 한 것이다.

즉, 200만 호 주택 건설사업이 시행되기 전 위의 도시보다 먼저 개발되는 목동과 상계지구 신시가지 조성사업이 아직 발표조차 되지 않았다는 사실에 생각이 미치자, 태호는 뛸 듯이 기뻐하며 이곳도 함께 조사를 했다.

그 결과 대부분이 개발 제한구역으로 묶여 있지는 않았으나 대체적으로 상습 침수 지역으로 빈민가를 형성하고 있었다. 물론 상계지구의 경우 산자락 일부는 그린벨트에 해당되기도 했다.

아무튼 이를 근거로 태호는 새로운 대책을 세우기 위해 골몰했다. 이런 속에서 태호가 예측지 못한 일이 발생했다. 이 사건의 발단은 이 회장이 태호를 호출하는 것으로부터 시작되었다.

때는 태호가 정보부서와 업무를 추진하기 시작한 지 2주가 흐른 7월 14일 월요일 오후였다. 점심 식사 시간이 끝나고 막

오후의 업무를 시작하려는데, 회장의 갑작스러운 호출에 태호
는 어리둥절할 수밖에 없었다.

그렇지만 안 가볼 수도 없는 노릇이라 회장실로 찾아가니
평소와 달리 환대하는 분위기가 아닌 냉기가 흐르고 있었다.
그래도 태호는 평소와 같이 태연하게 예를 갖추어 말했다.

"부르셨습니까? 회장님!"

"거 앉아봐."

"네, 회장님!"

태호가 소파의 한쪽에 앉자마자 집무실 책상에서 소파로
오며 이 회장이 물었다.

"부사장을 기찰하고 있다며?"

"아, 네……!"

얼결에 답은 했지만 편봉호에 대한 내사를 어떻게 했기에
이런 일이 벌어졌는지 내심 당혹스러울 수밖에 없었다. 그렇
지만 답을 하지 않을 수 없어 태호가 입을 뗐다.

"제과 개발 연구소나 여기저기 흩어져 있는 연구소를 하나
로 통합하는 과정에서 제과 분야뿐만 아니라, 여타 빙과 음료
수 통폐합까지 조직적으로 방해하는 자들이 있다 해서 알아
보도록 했습니다. 그 과정에서 선을 거슬러 오르다 보니 부사
장까지 손길이 미친 모양입니다, 회장님!"

그제야 회장이 조금은 누그러진 표정으로 물었다.

"불순한 의도는 아니었단 말이지?"

"물론입니다, 회장님!"

"그런 것을 자신을 음해하려 한다고 펄펄 뛰니 나 원 참……!"

"그런 의도는 전혀 없었습니다, 회장님!"

"알아, 알아! 그렇다면 조직적 반대를 지시한 사람이 편봉호란 말 아닌가?"

"아직 거기까지는 보고를 받지 못했습니다, 회장님!"

"이왕 시작한 것이면 눈치채지 못하게 내밀하고 철저하게 조사해 봐. 수상한 구석이 좀 있거든."

"알겠습니다, 회장님!"

"부동산 개발 건은 어떻게 돼가고 있어?"

"막상 예상은 했지만 대규모 아파트 단지가 들어설 곳 대부분이 개발 제한구역으로 묶여 있었습니다. 그래서 허능평과 허무도는 물론 심지어 건설부 차관까지 만나 레미콘 공장 신설을 청탁했지만 다 거절당했습니다."

"그래서 어찌하자는 건가?"

"제가 예상해 보니 그보다 빠르게 신시가지로 조성될 곳이 두 곳 정도 있어 조사해 보았습니다."

"그곳이 어딘데?"

"한 군데는 상시 침수 지역에 주로 빈민들이 많이 살고 있는 목동 지역입니다. 이곳이야말로 김포공항과 가까운 곳이라, 상시 외부 손님들에게 노출되게 되어 있습니다. 따라서 전두환의 성격상 절대 그냥 내버려 두지는 않을 것이니, 그가 정식으로 집권하게 되면 대대적인 개발이 이루질 것이라 확신하고 있습니다."

"가능성이 있어. 또 한 군데는?"

"상계지구입니다. 그곳 역시 상습 침수 지역에 도심지 재개발로 터전을 잃은 사람들이 모여 사는 터라 생활환경이 매우 열악합니다. 따라서 도시 재개발 가능성이 상당히 농후한 곳으로 재개발 1순위에 오를 지역입니다."

"그래서? 그곳 땅을 사들여 레미콘 공장을 짓자는 말이지?"

"부천 중동 지역도 마찬가지입니다. 경인 국도가 지나는 중심축에 있지만 개발이 전혀 안 된 지역입니다. 하지만 회장님! 제가 레미콘 공장을 짓자는 것은 부동산 차익을 얻기 위한 위장용 아닙니까?"

"그야 그렇지."

"그러니 꼭 레미콘 공장을 짓지 못하더라도 빠른 매물 차익 실현을 할 수 있다면 대규모로 매입하는 것이 좋지 않겠습니까?"

"일단 알았으니 좀 더 조사를 하고 상세한 보고를 올려줘."

"네, 회장님!"

이로써 태호는 무난히 보고를 마치고 그 자리를 빠져나왔지만, 자꾸 자신과 척을 지려는 편봉호를 어떻게 처리할지 고민하지 않을 수 없었다.

곧장 자신의 방으로 들어온 태호는 편봉호에 대해 좀 더 생각을 해보았다. 아무리 회장이 은밀히 알아보라 했지만 더 이상 내사를 진행해서는 안 되겠다는 결론을 내렸다.

이미 본인이 인지하고 있는 데다, 정식 감사처럼 불러 공식적으로 추궁할 수 있는 것도 아닌 이상, 더 이상의 내사는 곤란하다고 판단했던 것이다. 이미 풀을 건드려 놀란 뱀이 가만히 있을 것을 기대하는 것과 다름없는 행위라 생각한 것이다.

그래서 태호는 이튿날 그에 배치된 인원을 철수시키라 지시하고 자신은 해당 정보원들과 함께 목동, 중동, 상계지구에 대해 좀 더 많은 정보를 획득하러 다니기로 했다.

그래서 그날 바로 태호가 찾은 곳은 목동 안양 천변이었다. 안양천을 보는 순간 태호는 구토를 느낄 정도로 경악을 금치 못했다. 이미 오염이 심각하게 진행되어 검은 물에서는 썩는 냄새가 났고, 제방 위에는 1960년대와 1970년대 이후 도심지역 철거민들과 지방에서 올라온 빈민들로 이루어진 빈민촌이 형성되어 있었다.

즉, 뚝방 동네라는 말로 대표되는 판잣집이 즐비했던 것이다. 그곳을 지나니 대규모 논밭이 죽 펼쳐지는데, '저 오염된 물로 농사를 짓는단 말인가?'라는 생각이 들었다. 하지만 그보다 궁금한 것은 이곳의 땅값이었다.

그래서 몇 군데 물어보니 대체적으로 3천 원 전후였다. 무척 싸게 느껴졌다. 이미 부천의 땅값을 알아보았는데, 대체로 2만 원에서 2만 5천 원 선이었다. 그에 비하면 1/7~1/8 수준 아닌가?

싸리라 생각은 했지만 너무 싸다는 생각에 이상해서 알아보게 하니 절대농지로 묶여 있는 것이 아닌가. 태호 자신도 모르게 입에서 쌍소리가 나왔지만 한편으로 다행스럽기도 했다. 대규모 차익만 실현하면 된다는 생각이었기 때문이다.

다음 날은 상계지구를 알아보았다. 역시 판자촌이 즐비했고, 유독 비닐하우스가 많은 것이 눈에 띄었다. 땅값을 알아보니 평당 5천 5백 원 전후였다. 역시 싸서 좋았다. 부천 과수 농가의 평당 5천 4백 원과 별 차이 없는 시세였다.

혹시나 해서 이곳도 용지를 알아보니 수락산 자락 일부가 그린벨트로 묶여 있는 것 외에는 별 제한이 없었다. 이 모든 것을 종합해 태호는 수요일 날 종합 보고서를 만들었다.

현 지리적 요건과 현지의 상황, 그리고 주변 땅값 시세와 현지 시세, 그리고 이것을 매입하자면 논과 밭은 매수가 쉽겠지만, 뚝방 동네 등을 매입하려면 큰 반발이 예상된다는 내용도 적었다.

이 사람들이야말로 이 사회에서 더 이상 밑바닥으로 떨어질 것이 없는 사람들이므로, 만약 어디서 개발 소식이 조금이라도 새어나가거나 한 기업에 의해 대규모 매수가 진행된다는 것을 안다면, 집단 반발이 예상되기 때문이었다.

실제로도 훗날 이 지역을 개발하는 데 많은 애를 먹었다. 그리고 말미에 부천·중동과 노원·상계지구는 레미콘 공장을 지어도 괜찮겠다는 결론을 내렸다. 그러나 넉넉잡아도 5년 이내에 모두 개발이 예정되므로, 대규모 설비 투자는 금물이라는 내용도 덧붙였다.

이렇게 아랫사람들과 상의하며 보고서 작성에 매달린 태호는 다음 날 아침 8시가 되자 보고서를 들고 회장실을 찾아갔다.

"어서 오시게. 손에 들린 것은 뭔가?"

"그동안 조사한 부동산 종합 보고서입니다."

"그래? 어디 줘봐."

"네. 여기 있습니다."

곧 타이핑한 서류를 건네주고 소파에 앉으니, 이 회장도 문건을 가지고 와 맞은편에 앉아 돋보기를 쓰고 읽어 내려가기 시작했다.

그 시간이 무료해 손발을 꼼지락거리고 있는데 마침 여비서가 차를 내왔다. 이제 태호의 기호를 잘 아니 그의 것은 믹스커피였고, 이 회장은 녹차였다. 태호가 잠시 내온 커피를 홀짝거리고 있으니 다 읽었는지 이 회장이 돋보기를 벗으며 말했다.

"애썼어. 한데 말이야."

"네."

"정말 이 지역이 자네 말대로 개발이 진행될까?"

"틀림없이 진행될 것입니다!"

"자네도 들었는지 몰라도 3과씩이나 패스한 놈이 그린벨트나 뒤지고 다니며 시간과 경비를 낭비하고 다닌다는 말이 있는데……."

이 회장의 말에 태호가 눈에 불을 켜고 반론, 아니, 역공을 전개했다.

"3과를 다 패스했다고 해서 하위 법까지 다 아는 것은 아닙니다. 그렇기 때문에 조세전문변호사가 있는 것이고, 이혼전문변호사가 있는 것입니다. 따라서 기획실 내에 법무 팀도 신설할 필요가 있습니다. 회장님!"

"나도 자네 생각에 동의하네만, 요는 이곳이 정말 개발되느냐 하는 것이야."

"틀림없이 됩니다, 회장님! 제 목을 걸 수도 있습니다."

"무슨 목씩이나. 자, 그건 그렇다 치고, 시급하다는 신제품 연구소는 어디다 지을 셈인가?"

"정 뭣하면 본사 건물이 있는 이 땅에 짓거나 좀 더 미래를 본다면 강남에 짓는 것이 좋겠습니다."

"강남은 왜?"

"제 예상으로는 모든 상권이 앞으로는 강남으로 모두 넘어 갈 것입니다. 따라서 시세가 강북보다는 강남이 배는 폭등할 것입니다."

태호의 말은 절대 빈말이 아니었다. 경실련 발표에 따르면 우리나라 땅값은 67년 1조 7천억 원에서, 2017년 2월 현재 8,400조 원으로 50년 간 4천 배 폭등했다고 발표했다.

경실련에서는 압구정 현대 아파트 등 강남 3구(강남, 서초, 송파) 아파트 평당 가격이 88년 285만 원에서 2017년 4,536만 원으로 16배 폭등했고, 강북은 315만 원에서 2,163만 원으로 7배 상승했다고 발표했다.

"흐흠……! 일단 내 알았으니 대규모 매입 건은 조금만 더 검토해 보기로 하지. 그 대신 강남에 연구소 지을 만한 곳이 있는지 알아봐."

"네, 회장님!"

답하고 그 자리를 물러나왔으나 돌아 나오는 태호의 입맛은 썼다. 막상 대규모 투자를 하려니 적잖이 망설여지는 모양이었다. 주변에서 다른 사람이 권하는 것도 아니고, 아니, 오히려 말리는 편인데다, 오로지 태호만이 적극적으로 나오니 돌다리를 두드리고 있는 모양새였다.

이에 맥이 풀린 태호가 정보부장 정태화를 불러 강남에 연구소 지을 마땅한 터가 있나 알아보라 지시하고 자신은 다른 현안을 챙겼다. 그렇게 이틀이 후딱 지나가고 7월 19일 토요일이 되었다.

이날 태호는 오전 근무를 다 마치지 않고 11시에 회사를 나왔다. 정식 퇴근 시간보다 1시간 일찍 나온 것이다. 오늘 아침에 안 사실이지만 오늘이 효주 생일이라고 한다. 이 사실을 태호는 아침에 미역국이 나와 무심코 묻다 알게 되었다.

어쨌거나 태호는 곧 꽃가게로 가 장미 100송이를 샀다. 그리고 효주가 다닌다는 종로 요리 학원으로 향했다. 그가 택시를 타고 그 학원에 찾아드니 11시 40분. 10분만 있으면 끝나겠다는 생각에 잠시 기다리고 있는데 '와' 하는 소리와 함께 학원 문이 활짝 열리더니 많은 사람들이 일시에 튀어나왔다.

대부분이 젊거나 나이든 여성들 일색이었다. 태호는 그 많은 사람 중 효주를 찾기 위해 분주하게 눈동자를 움직이고 있는데 앞에서 말소리가 들려왔다.

"여긴 웬일이세요?"

"오늘이 효주 씨 생일이라고 해서 꽃다발을 드리려고 왔습니다."

와……!

짝짝짝!

둘의 행동을 많은 사람들이 지켜보고 있었다. 주변에 몰려 있던 여자들이 일시에 함성을 지르며 박수를 쳤다. 이에 만개한 복사꽃이 된 효주가 고개를 푹 떨구며 기어들어 가는 목소리로 말했다.

"고마워요!"

"가시죠?"

말과 함께 태호가 손을 내미니 그녀가 가볍게 뿌리치고 물었다.

"어딜……?"

"식사라도 함께하시죠?"

"친구들과 이미 선약이 있어요."

"네?"

'젠장, 젠장……!'

태호가 내심 투덜거리고 있는데 그녀가 말했다.

"저녁 때 집에서 봐요."

"알겠습니다."

"다시는 이런 짓 하지 마세요."

"네?"

"창피하단 말예요."

"내년까지 이런 짓하게 만들지 마십시오."

태호의 말에 급기야 홍당무가 된 그녀가 모기만 한 소리로 재촉했다.

"빨리 가기나 하세요."

"알겠습니다. 그럼, 집에서 뵙죠."

태호는 주변 사람들이 들으라는 듯 일부러 '집에서 뵙죠'라는 말을 큰 소리로 말했다. 그러자 주변에 있던 여인들이 '무슨 사이야?', '무슨 사이야?' 하며 소곤거리는 소리가 들려왔다.

이를 효주라고 못 들을 리 없었다. 이에 더욱 붉어진 그녀가 말없이 계속해서 태호의 등을 떠밀었다. 그러나 태호는 그녀의 미는 동작에 미동도 않고 있다가 갑자기 그녀의 손을 꼭 잡았다. 그러자 그녀가 손을 빼치려고 애썼다. 하지만 태호의 완력을 당할 수는 없었다.

따라서 효주는 태호가 이끄는 대로 그와 손을 맞잡고 계단을 내려갈 수밖에 없었다. 계단을 다 내려와 건물 밖으로 나올 때가 되자 비로소 태호가 손을 놓으며 정중하게 말했다.

"실례가 많았습니다. 그럼, 저녁에 뵙죠."

말이 끝나자마자 태호는 그녀의 반응은 거들떠보지도 않고 바로 현관을 빠져나와 집으로 향했다.

집으로 돌아온 태호가 늦은 점심을 먹고 신문을 뒤적이고 있는데 전화가 걸려왔다. 이 회장 부부도 외출해 없고 집안일을 돕는 가정부도 자신의 방에 있어 태호가 직접 전화를 받았다.

—아, 김 실장이구료, 이 회장은 어디 갔소?

처음에는 누구인지 몰랐으나 말이 진행될수록 태호는 곧 그가 누구인지 알아챘다. 나는 새도 떨어뜨린다는 요즈음의 실세 허무도였다.

생각지도 않은 전화에 태호는 깜짝 놀랐다. 회사 내 전략기획실 전화번호는 알려주었지만 집 전화번호는 알려주지도 않았는데, 그가 전화를 걸어오는 것을 보고 새삼 그의 위치를 되새기게 되었다.

현 중앙정보부장 비서실장이요, 국가보위비상대책위원회 문화공보위원이기도 한 그의 위세라면 능히 이 회장의 집을 알아낼 수 있을 것이다. 아무튼 그의 전화에 내심 당혹한 태호였지만 순발력 있게 대처했다.

"회장님은 지금 외출하고 안 계십니다, 실장님!"

—아, 그래요? 술이나 한잔할까 했더니…….

"제가 대작해 드리면 안 될까요?"

—안 될 것도 없지요.

"몇 시에 어디로 가면 되겠습니까, 실장님?"

─낮술은 그렇고, 해거름에 삼청각에서 봅시다.

"해거름이라 하시면……?"

─7시.

"알겠습니다, 실장님!"

─그럼, 이따 봅시다.

"네, 실장님!"

대답은 씩씩하게 했지만 무슨 일 때문에 보자는지 궁금하기도 했고, 난처한 일도 생겼다. 효주가 저녁 때 집에서 보자는 말을 상기했기 때문이다.

어쩔 수 없다 판단한 태호는 집에서 빈둥거리기가 싫어 곧 집을 나섰다. 집을 나서기는 했으나 차가 없으니 여간 불편한 것이 아니었다. 출퇴근은 대부분 회장과 함께하고, 공무는 회사 차로 보았으나 오늘 같은 날은 대중교통수단을 이용할 수밖에 없어 태호로서는 큰 도로로 나와 지나가는 택시를 잡아탔다.

미터기를 보니 기본요금으로 500원이 찍혀 있었다. 당해 연도 2월 5일자 택시 요금 조정 내용을 보면, 기본요금: 2㎞ 500원, 주행요금: 400m당 50원, 대기료: 10분당 300원, 할증료: 종전대로 20%를 가산하게끔 되어 있었다.

머지않아 다시 회사로 돌아온 태호는 곧장 기숙사로 향했다. 여동생 경순을 만나보기 위해서였다. 마음의 여유가 있으면 잠깐 얼굴이라도 보련만, 바쁘다는 핑계로 그동안 한 번도 만나지 않은 동생을 만나러 가는 길이었다.

곧 기숙사에 도착한 태호는 토요일이라 사감도 없는 내부로 들어가 그녀의 방이 위치한 2층으로 올라가려는데, 여동생이 다른 아가씨와 계단을 내려오는 것이 보였다.

"경순아!"

"어머, 오빠!"

전혀 예상치 못했는지 깜짝 놀라는 여동생에게 동료로 보이는 아가씨가 경순의 옆구리를 쿡 찌르며 낮게 물었다.

"기획실장님이 오빠였어?"

"응."

"왜 진즉 얘기하지 않았어?"

"……."

경순의 답이 없는 가운데 제법 곱상하게 생긴 아가씨는 사르르 얼굴을 붉히며 모기만 한 소리로 태호에게 인사를 건네왔다.

"안녕하세요? 실장님!"

"네."

무어라 답할 말이 막연해 간단하게 답한 태호가 경순에게 물었다.

"어디 가는 길인데?"

"무료해서 구내매점으로 가던 길이에요."

"같이 가자."

"네."

"어머, 우리 사주실 거예요?"

"얼마든지. 몇 푼 한다고."

"역시 우리 실장님이 멋쟁이셔. 이러니 끙끙 앓는 애들이 한둘이 아니지."

"그게 무슨 말입니까?"

"모르셨어요? 회사 내 소문이 파다하고 선망의 대상이라고요. 그리고 실장님을 한 번이라도 본 계집애들은 상사병에 걸려……"

"그만하세요."

태호의 말에 샐쭉해진 이름도 모르는 아가씨까지 데리고 태호는 구내식당 안에 있는 매점으로 향했다. 가면서 태호가 동생에게 물었다.

"책은 샀어?"

"네."

함께 생활한 날이 드물어 항상 어려워하는 동생에게 태호는 계속해서 물었다.

"공부는 잘돼?"

"그게… 잘 안 돼요."

"왜?"

"공부에서 손을 뗀 지 너무 오래되었고, 시간도 별로 없어서……."

"방을 얻어줄까?"

"공부 안 하면 안 돼요?"

"안 돼!"

격정적으로 고함치는 오빠의 말에 깜짝 놀란 동생이 반사적으로 뒷걸음질 치다 이내 눈가에 이슬이 맺히기 시작했다. 다정하지는 않아도 절대 소리 한번 크게 내지 않은 오빠였기에 상심이 컸던 모양이다.

그런 동생을 보며 태호가 착잡한 마음으로 말했다. 아니, 오히려 되물었다.

"내가 왜 너를 굳이 공부시키려는지, 내 마음을 몰라?"

"알아요. 하지만……."

"변명은 됐고. 내 말대로 해. 정 공부하기 어렵다면 공장 안 다녀도 좋고, 학원에도 보내주마. 물론 별도로 방도 얻어줄 거야."

"굳이 그렇게 하지 않아도 돼요."

"됐어!"

둘의 대화를 부러운 눈으로 바라보는 아가씨를 무시한 채 태호는 계속해서 말했다.

"나 월급도 탔어. 그러니까 당장 방 얻고 학원에도 등록해."

"그럼, 회사는?"

"그만두는 거지 뭐. 병행하기 어렵다는데."

"두 가지 다 할 수 있어요."

"아무래도 내가 무리한 생각을 한 모양이야. 네 말대로 공부에서 손을 뗀 지가 언젠데, 이제 와서 일에 공부까지 하라는 것은 나만의 욕심이었다. 당장 가자."

"어쩌면 좋지?"

동생이 동료 보고 의견을 구했다. 그러자 그녀가 답했다.

"뭘 어쩌긴 어째? 하라는 대로 하면 되지. 몹시 부럽다. 나한테도 저런 오빠 한 분만 있었으면……."

혹 떼려다 혹까지 붙인 동생이 어쩔 수 없이 순응하려는데, 오정심이라는 스무 살 먹은 처녀가 말했다.

"같이 가도 되지? 내가 도와줄게."

"그게 좋겠네요. 같이 가서 방도 얻고 아예 학원까지 등록시켜야겠습니다."

"아! 누구는 복 터졌네!"

자신의 심정도 모르고 부러워하는 정심을 한 번 흘겨본 경순이 말없이 오빠를 올려보자 태호는 그길로 앞장서 정문으로 향했다.

　　　　　*　　　　　*　　　　　*

　태호도 회사 월급날인 지난 15일 날 월급을 탔다. 한 달에
서 삼 일이 빠졌지만 60만 원을 채워줬다. 태호는 이 월급으로
제일 먼저 맛있는 것 사 잡수시라고 촌에 10만 원을 부쳐 드렸
다. 그리고 그동안 개인적으로 쓴 돈이 4만 원 정도 되었다.

　그리고 이번에 옥수동에 동생 방을 얻는 데 22만 원을 지
불했다. 20만 원은 보증금이요, 2만 원은 한 달 치 방세 선불
이었다. 그리고도 동생에게 별도로 20만 원을 줬다. 학원 등
록하고 생활비로 하라는 돈이었다. 그리고 나니 지갑에는 만
원권 지폐 다섯 장하고 천 원짜리 몇 개만 남아 있었다. 물론
동전 부스러기도 있었다.

　그리고 나니 좀 허전한 마음이 들었다. 남자는 지갑이 두
둑해야 어깨가 펴지는 법인데 이제 매사가 조심스러워진 것이
다. 당장 오늘 저녁 술값부터가 문제가 되었다. 허 실장에게
내라고 할 수는 없잖은가. 이런 생각이 들자 태호는 공중전화
로 가 삼청각에 전화를 넣었다.

　그래서 지난번처럼 청천당을 7시에 예약하고 외상 약속도
받아냈다. 그러고 나서 시계를 보니 오후 5시 10분. 애매한 시
간이었지만 미리 가서 기다리기로 한 태호는 시내버스를 타고

삼청각으로 향했다.

무려 1시간을 기다린 끝에 태호는 허무도와 마주 앉을 수 있었다.

"회장님을 뵈어야 하는 것인데……."

"아니오. 삼원의 실세가 누구인지 나도 다 아니까."

"감사합니다. 18년산으로 할까요?"

"아니, 22년산."

'아, 젠장. 돈도 없는데…….'

속에서는 욕이 나왔지만 겉으로는 호기롭게 태호가 말했다.

"아, 네! 들었지?"

"네."

마담이 답하고 태호 옆에 앉은 아가씨에게 눈짓을 하자 그녀가 곧바로 주문을 하고 왔다. 이렇게 두 사람의 술자리가 시작되었고, 술 한 잔을 받은 마담도 나갔다. 그런데 허무도는 남은 두 아가씨마저도 부르면 들어오라고 말한 뒤 내쫓았다.

둘만 남게 된 좌석에서 허무도가 말했다.

"내 보은 차원에서 두 가지 팁을 드리지. 그 하나는……."

잠시 뜸을 들이던 그가 다시 입을 뗐다.

"금년 4월 달에 건설 계획이 수립되었으나, 검토할 것이 있어 이제야 최종 확정된 가락동 농수산물 종합도매시장 건이요. 머지않아 이 계획이 발표되고 곧 부지 매입이 시작될 것이오. 그 번지수는……."

여기서 말을 끊고 누가 들을 새라 태호를 가까이 불러 그의 귓속에 번지수를 속삭이는 그였다. 역시 치밀한 사람이었다. 조선일보 기자를 시작으로 조선일보 주일특파원에 외신차장을 거친 이 사람이 어떤 연유로 전 통의 오른팔이 되었는지 모르지만, 작금은 정말 실세 중의 실세가 이 사람이었다.

"감사합니다. 꼭 보답해 드리도록 하겠습니다."

씩 웃은 그가 다시 입을 떼었다.

"또 하나는 8월 4일 자 신문을 자세히 읽어보시오. 그 지면에 답이 있을 것이오."

이번 건은 정확한 언질을 주지 않고 구렁이 담 넘어가듯 대충 알려주는 것이 아무래도 여간 큰 건이 아닌 것 같았다. 대충 감을 잡은 태호가 넉살 좋게 자리에서 일어나 큰절을 하니, 동생도 한참 아래 막냇동생뻘 되는 그를 보고 빙그레 웃는 그였다.

하는 짓이 절대 밉지 않다는 웃음이었다.

제6장
선물

허무도는 역시 술이 셌다. 같이 마셔본 두 번의 경험이 있었지만, 말술답게 아가씨들의 장구 소리도 들을 새 없이 술을 퍼마셨다. 얼음에 희석하지 않은 순수한 양주로만. 그렇게 두 시간을 마시고 나니 말술인 두 사람도 어지간히 취했다. 그러자 그가 말했다.

　"그만 일어날까?"

　"네, 형님!"

　사람을 사귀는 데는 술만 한 것이 없다. 세 번의 만남 끝에 호형호제하기로 한 것을 증명하기라도 하듯, 태호의 입에서

형님 소리가 튀어나왔다. 사석에 한한 것은 당연했다.

곧 자리에서 일어나 그를 먼저 배웅한 태호는 약속대로 외상을 긋고 집으로 향했다. 돌아가는 길은 돈을 절약하기 위해 전철과 버스를 탔다. 그리고 집에 도착해 시간을 보니 9시 25분을 가리키고 있었다. 그만큼 둘이 빠른 속도로 술을 마셨다는 방증이기도 했다.

그런데 문제는 집 안으로 들어서자마자 잔디밭에 서서 반달을 올려다보고 있는 효주와 마주친 것이다.

"아직 안 주무셨습니까?"

"또 술이에요?"

"사업차 마셨을 뿐입니다."

"사업차라는 핑계로 매일 고주망태가 되는 거 아니에요?"

"그럴 가능성이 매우 농후합니다."

"참나! 아니라고 부정하면 어디가 덧나나요?"

"거짓말은 싫습니다."

"오늘 낮엔 고마웠어요."

"미안합니다."

"마음이 중요한 것이죠."

"제 말은 저녁 때 함께 식사라도 해야 되는 것인데 갑자기 생긴 긴요한 약속 때문에……."

"이제라도 시작해요."

"네?"

"술 더 마실 수 있죠?"

"얼마든지!"

"술 하나는 타고났나 보네요."

"머리도 타고났습니다."

"참나……."

믿지 않게 눈을 흘긴 그녀가 잠시 기다리라는 말을 남기고 안으로 들어갔다. 그리고 잠시 후 졸린 눈의 가정부와 함께 각자 쟁반 한 개씩을 들고 아무 말 없이 정원 테이블로 갔다. 태호도 말없이 둘을 따라갔다.

곧 두 사람에 의해 파라솔 밑 원형 플라스틱 테이블에는 조촐한 술상이 차려졌다. 특별할 것 없는 과일과 마른안주, 그리고 치즈와 과자부스러기였다.

"이것 좀 따봐요. 아, 그러고 보니 병따개를 안 가져왔네요."

"제가 가져오겠습니다. 아가씨!"

그때까지 함께 서 있던 가정부가 부리나케 안으로 달려가 이내 포도주병의 코르크 마개를 딸 수 있는 도구를 가지고 왔다. 태호는 곧 이를 받아 코르크에 푹 찔러 박고 빙글빙글 돌리며 조심스럽게 땄다. 그리고 술을 권했다.

"자, 한 잔 받아요. 생일 축하합니다."

"고마워요."

답과 함께 한 잔을 받은 그녀가 태호의 글라스에도 한 잔을 따라주고는 잔을 부딪쳐 왔다. 태호가 느닷없이 건배사를 했다.

"우리의 친밀한 교제를 위하여!"

'참나!'가 그녀의 건배 동의사였다. 때마침 시원한 바람이 불어오며 그녀의 긴 머리카락을 휘날렸다. 아니, 일부는 그녀의 입술에 달라붙어 스스로 떼어내게 했다. 그런 동작을 태호는 얼빠진 사람처럼 멍하니 바라보았다.

"처음 봐요?"

"너무 예뻐서 그만……"

예쁘다는 말을 못이 박힐 정도로 들었으련만 그녀가 새삼 답했다.

"고마워요."

"고마우면 보답하는 것이 어떻겠습니까?"

"뭐… 로……?"

한가닥 기대가 그녀의 눈가를 스쳐 갔다. 그러나 이어진 태호의 대답은 그녀를 허탈감에 빠뜨리기에 충분했다.

"돈 좀 빌려주십시오."

샐쭉한 그녀가 쏘듯 물었다.

"월급 탔잖아요?"

"시누이 월세 얻어주고 학원비 줬더니 빈털터리입니다."

"시누이라니요? 누가 시누이예요?"

"장차 그렇게 될 것 아닙니까?"

"흥! 아직 결정된 것 하나 없어요."

태호가 이를 받아 정중하게 고개까지 숙이며 말했다.

"기다리겠습니다. 언제까지라도."

"내가 꼬부랑 할머니 될 때까지 결정 안 하면?"

"그때까지라도요."

"입에 침이나 바르고 말하세요."

"입이 바짝바짝 타네요."

"흥, 말이라도 못 해야지!"

고개까지 돌리는 그녀를 보고 빙긋 웃고 있는데 현관 쪽에서 이 회장의 말소리가 들려왔다.

"보기 좋~ 다!"

"우리 그만 일어나요."

갑자기 발딱 일어서는 효주를 보고 태호가 물었다.

"회장님을 미워하십니까?"

"미워하는 것은 아니지만 왠지 어색해요."

고개를 끄덕인 태호가 가까이 다가오고 있는 이 회장을 보고 물었다.

"오늘은 어찌 아직 안 주무셨습니까?"

"결과가 궁금해서."

태호가 외출을 하며 가정부에게 전한 말을 들은 모양이었다.

"내일 아침에 말씀드리겠습니다."

"새벽?"

"네, 회장님!"

"늙으면 딸에게조차 괄시를 받으니……."

한마디 한 이 회장이 돌아서서 걸어갔다. 중천에 솟은 반달을 바라보는 그의 뒷모습이 매우 쓸쓸해 보였다. 이 모습을 보고 태호가 효주에게 물었다.

"느끼는 게 없습니까?"

"오늘따라 많이 외로워 보이시네요. 이런 느낌 처음인데… 무서운 느낌뿐이었거든요."

"자식에게 따뜻한 한마디를 바라고 계실 겁니다."

"애늙은이 같아요."

"그런 말 많이 듣고 삽니다. 한데 오늘 학원에서는 창피하지 않았습니까?"

"맞아요. 하지만 한편으로는 기쁘기도 했어요."

"그 무엇보다 효주 씨는 솔직한 게 마음에 듭니다."

"내가 그렇듯이 저는 거짓말하는 상대를 이 세상에서 제일 싫어해요."

"명심하겠습니다."

"한잔 더 하실래요?"

"이제 시작인데?"

"참나, 이미 많이 마신 것 같은데요?"

"둘이 양주 15병밖에 마시지 않았습니다."

"네……?"

깜짝 놀라는 효주를 향해 태호가 빙긋 웃으며 정정했다.

"그건 뻥이고요. 실제는 열 병밖에 마시지 않았습니다."

"종전에 내가 뭐랬지요?"

"농담이었잖습니까?"

"쳇!"

"노래 한번 불러볼까요?"

"잘 부르세요?"

답도 없이 갑자기 태호가 노래를 부르기 시작했다. 잠자코 그가 부르던 노래를 들을 효주가 말했다.

"노래도 참 잘하시네요."

"기타가 있었으면 더 좋았을 텐데."

"기타도 칠 줄 아세요?"

"기본이죠."

"기타는 언제 배웠대?"

웃음으로 답한 태호가 물었다.

"좀 전에 내가 부른 노래가 무슨 노래인 줄 아십니까?"

"몰라요. 하지만 가사는 마음에 드네요. 그런데 요즘 가사 같지 않고 너무 직설적이네요."

"송창식의 '맨 처음 고백'이라는 노래인데요. 요즈음은 노래 도 점점 직설적으로 가는 경향이 있습니다. 그만큼 산업사회 가 되다 보니 옛날과 같이 은유적으로 표현하고 기다려 주기 에는 세상이 너무 빠르고 각박하게 변하는 것 같습니다."

"유행가로 아예 논문을 쓰세요."

"해가 갈수록 리듬이 점점 빨라질 겁니다. 그래야 평소 우 리 뛰노는 심장박동수와 맞아 친밀하게 느낄 테니까요. 그 중 거로 지금도 점점 곡이 빨라지고 있고요. 옛날에는 어떠했습 니까? 태산이… 높다 하되… 여기까지 부르고 나면 아마 한 끼 식사 때가 돌아왔을 걸요?"

"호호호!"

은은한 달빛 속에 이렇게 두 사람의 사이도 조금씩 가까워 지고 있었다. 자신들도 모르는 사이에.

*   *   *

오늘도 태호는 정각 5시에 일어났다. 술을 마시던 안 마시 던 요즘 태호의 기상 시간이었다. 이 회장이 새벽 4시면 일어 나 산책을 하는 통에 밉보이지 않기 위해 전보다 기상 시간을 한 시간 당긴 결과였다.

눈꺼풀을 떼며 태호는 욕실로 들어가 세면부터 했다. 그리고 거실로 나와 일간지라는 일간지는 모두 구독해 십여 종 되는 신문을 챙기려 했다. 그러나 오늘은 일요일이라 신문이 발행되지 않는 날이었다. 그래서 태호는 어제 석간신문을 들고 현관 밖으로 나갔다.

밖으로 나온 태호는 일단 이 회장의 행방부터 찾았다. 그는 등나무 있는 쪽을 아직도 거닐고 있었다. 다행히 시선이 자신 쪽이 아니라 태호는 신문을 들고 정원에 놓인 테이블로 갔다. 그리고 신문을 읽는 데 전념했다.

그렇게 태호가 신문을 읽는 데 집중하고 있을 때, 이 회장의 말소리가 들려왔다.

"중요한 기사라도 있나?"

"편히 주무셨습니까?"

고개를 끄덕인 이 회장이 다시 시선을 주자 태호가 답했다.

"아직도 서슬이 시퍼렇군요. 전직 장관 및 여야 국회의원 17명을 연행해 조사 중이랍니다."

"죄목이 부정부패 어쩌고저쩌고지?"

"네."

"어제의 이야기나 들려줘 봐."

"아주 중요한 기밀 두 가지를 알려주었습니다."

이렇게 입을 뗀 태호는 곧 허무도가 알려준 사실을 조금 더 과장하여 들려주었다.

다 듣고 난 이 회장의 눈이 만족감으로 빛나는 것을 보며 태호가 말했다.

"가락동 농수산물 종합도매시장 예정 용지를 빨리 매입해야 하지 않겠습니까?"

"당연하지. 당장 오늘부터라도 집중적으로 매입하시게."

"네, 회장님!"

"강남의 연구소 부지는 아직 못 구한 건가?"

"네. 너무 지체되고 있으니 차라리 본사 내에 신축하는 것이 좋을 것 같습니다. 제가 관리하기도 편하고요."

"정 그렇다면 그렇게 하지."

"이걸 외주 처리하자니 아까운 생각이 듭니다."

"건설회사라도 하나 차리자는 건가?"

"네!"

"훗날로 계획하지 않았어? 훌륭한 매물이 있을 것이라고."

"예상보다 차익 실현이 빠를 것 같고 대기업 치고 건설사 하나 끼고 있지 않은 곳이 없는데, 우리만 우리 밥그릇마저 남에게 넘겨주자니 아까운 생각이 들어서요."

"흐흠……!"

"따라서 신설보다는 지금이라도 적당한 매물이 있다면 사들이는 게 좋겠습니다, 회장님!"

"시공 능력 평가 때문이지?"

"네. 신설은 실적이 없으니 전혀 정부 발주 공사를 맡지 못하지만, 기존 것을 매입하면 어찌 되었든 실적이 있을 것이고, 이것은 법인 명의가 변경되어도 계속 따라다니기 때문에 매물을 사들이는 게 더 나을 것 같습니다, 회장님!"

"건설 경기는 어떨 것 같은가?"

"거시적으로 볼 때 작년은 마이너스 성장을 했지만 올해부터는 본격적으로 경기가 풀려, 플러스 성장을 하는 것은 물론, 3저 기저에 의해 본격적인 호황 국면에 들어설 것입니다. 그러나 아파트 경기만은 장담할 수 없고, 88년 이후라야 활황 장세가 펼쳐질 것 같습니다."

"좋아! 좋은 매물이 있나 한번 알아봐."

"감사합니다, 회장님!"

"하하하! 내 사업인데 왜 자네가 감사한가?"

"회장님 것만은 아니죠. 그룹 전체 성원들의 것으로 일심동체가 되어 일로매진해야 하지 않겠습니까?"

"몇 놈이나 그런 마음을 가질는지……."

"그렇게 되려면 종업원 지주제라든지 사측에서도 베풀어야 합니다."

"쓸데없는 소리. 또 한 건은 8월 4일자 신문을 자세히 읽어

봐야 알 수 있겠군."

"그렇습니다."

"자, 더 늦기 전에 밥 먹고 출근하자고."

"오늘은 일요일입니다. 회장님!"

"그런가? 요즈음은 날짜 가는 줄도 모르겠어."

머리를 흔들며 이 회장이 자리를 뜨자 태호 또한 자리에서 일어나 정원을 산책했다.

＊   ＊   ＊

월요일 아침.

태호가 막 출근을 하려는데 예비 장모 박춘심이 태호를 불러 세웠다.

"자네, 나 좀 보게."

"네?"

태호가 멈칫하며 뒤를 돌아보자 가까이 다가온 박 여사가 무작정 그의 양복 윗주머니에 무언가를 쑤셔 넣었다.

"이게 뭡니까?"

말하며 그녀가 넣은 것을 빼보니 만 원권 지폐였다.

태호가 빼든 돈을 들고 멍청히 서 있으니 박 여사가 말했다.

"효주한테 들었네. 그런 일이 있었는데, 회장님이 어려우면 내게 말할 것이지 용돈 없이 어떻게 지낼 셈인가?"

"잘 쓰겠습니다, 장모님!"

"그래, 그래! 사내가 호주머니에 돈 없으면 기죽게 마련이야. 그러니 그런 일 있으면 언제든 내게 얘기해."

"알겠습니다. 장모님! 꼭 보은하도록 하겠습니다."

"말로만?"

"절대 허언이 아닙니다! 노후는 제가 책임질 것이니 걱정 마십시오."

"말로는 그래놓고 똥 싸고 오줌 싸면 돌아보지 않는 인간들도 많아."

"그게 어디 인간입니까? 말종이죠."

"하나를 보면 열을 안다고, 자네가 동생 챙기는 것을 보니 잘할 것 같아."

"감사합니다, 장모님!"

"어서 가봐. 회장님 역정 내시겠어."

"네."

이렇게 해서 회사로 출근한 태호는 아직 이 양이 출근하지 않은 자신의 방에서 박 여사가 준 돈을 세어보았다. 20만 원이었다.

이에 태호는 기쁜 심정으로 중얼거렸다.

"아주 좋은데……."

곧 밖으로 나온 태호는 출근해 있는 정보부장 정태화를 불러들여 가락동의 지번을 알려주고 일대를 집중 매입하도록 지시했다.

*   *   *

세월은 빠르게 흘러 또 한 주가 지난 7월 26일 토요일 아침.

7시 30분에 태호가 출근해 막 자신의 방에 들어서는데 전화벨이 울기 시작했다. 태호는 급히 달려가 전화기를 집어 들었다.

"네, 전략 기획실입니다."

─태호냐?

"어머니?"

─그래.

"어쩐 일로 전화를 다……."

─오늘 토요일이고 해서 전화했다.

"무슨 일 있습니까?"

─오늘 제사가 있어.

"누구 제산데요?"

─네 할아버지.

"아, 그렇지. 한창 더울 때 돌아가셨지……."

─오늘이 음력 6월 보름 아니냐?

"네, 가겠습니다. 그 대신 제사상에 올릴 닭과 청주는 제가 사가도록 할 테니 준비하지 마세요."

─네가 준비하지 않으면 누가 닭을 올려? 청주도 그렇다. 그냥 막걸리나 사와."

"알았고요. 제가 준비해 갈 테니 그런 줄 아세요, 어머니!"

─오냐, 고맙다.

"또 필요한 것 없어요?"

─없어. 빈 몸으로 내려와도 감사한 일이지.

"저녁에 뵐게요."

─오냐.

"끊습니다."

─그래, 그래.

가는 길에 쇠고기 3근까지 사가 더운 여름에 농사짓느라 힘드신 부모님의 몸보신까지 시켜 드린 태호는 일요일 오후 4시가 되어서야 청주터미널에 도착했다. 다시 고속버스 터미널로 이동한 태호는 차 안에서 무료할 것 같아 신문이라도 읽으며 가려고 가판대로 향했다.

그런데 하필 일요일이라 그런지 토요일 일간지는 다 팔리고 지방 신문만 몇 부 남아 있었다. 할 수 없이 태호는 충청일보 1부를 사서 차에 올랐다. 곧 신문을 읽기 시작한 그의 눈에 들어오는 기사가 있었다. '오늘의 인물'란에 소개된 기사였다.

<1978년 주식회사로 또다시 탄생한 계룡건설은 그 해 큰 사고를 쳤다. 불가능으로 여겨졌던 대전 공설운동장 메인 스타디움 건설공사가 그 발단이었다. 당시 충남도는 1979년 갑년체전을 앞두고, 서울의 모 중견 건설사를 사업자로 선정했다. 그런데 이 회사는 개막을 불과 6개월을 앞두고 도산해 버렸다. 심지어 본부석 쪽 기초공사만 완료돼 있는 등 공사 진척마저도 지지부진한 상태였다. 당황한 충남도는 전국 5위 내 대형 건설사에 손을 내밀었다. 하지만 돌아온 대답은 부정적이었다. 전국 유력 건설사가 손사래 친 마당에 지역 건설사들도 난색을 표했다. 단, 이인구 사장만 빼고. 회사 간부들의 반대에도 이 사장은 이를 밀어붙였다. 공사장에 '180일 작전 앞으로 000일'이라고 크게 써놓고 직원들을 독려했다. 이 사장은 불가능일 것 같았던 공사를 기한 내 마무리해 지역뿐만 아니라 전국 건설업계를 크게 놀라게 했다. 이에 힘입어 계룡건설은 창립 10주년이 되는 올해 수주액 100억 원 돌파가 예상되며, 대전, 충남 지역 도급순위 1위 등극이 예상된다>

기사를 읽은 태호는 계룡건설이 아니라 망했다는 기업에 대해 관심이 갔다. 이에 월요일에 조사해 보리라 생각하며 태호는 신문으로 얼굴을 덮고 스르르 잠이 들었다.

7월 28일 월요일 아침.

태호는 출근하자마자 정보부장 정태화를 자신의 방으로 불러들였다. 특별한 일이 없으면 태호가 7시 30분에 출근을 하자, 대부분의 부하 직원들도 그 시간 안에 출근을 했다.

그런고로 정태화도 예외 없이 그 시간 안에 출근해 있어 불러들인 것이다. 아무튼 태호는 마주 앉자마자 대뜸 정태화에게 말했다.

"작년 대전 공설운동장 메인스타디움 건설공사를 하다 부도를 낸 회사와 그 대표에 대해 한번 자세히 알아봐 주세요."

"망한 회사를 무엇 때문에……?"

"건설에는 도급 순위라는 게 있잖습니까? 건설회사를 하나 인수하려 하니 그런 줄 아시고, 자세히 한번 알아봐 주세요."

"네, 실장님!"

"가락동 매입 건은 어떻게 되어가고 있어요?"

"일요일도 없이 밤늦게까지 뛰어다닌 결과, 현재 3만 평 정도를 매입했습니다."

"예상외로 많이 매입해 놓았군요. 감사하다 전해주시고 좀 더 힘을 내주세요. 그리고 대충 일이 마무리되어지는 대로 회식 한번 합시다."

"감사합니다, 실장님!"

"제 이야기는 여기까지입니다."

"네. 그럼……."

정 부장이 목례를 하고 나가자 태호는 2차장 김찬기를 불러들였다.

그리고 그에게 이 회장과 상의한 종합연구소 건립을 위한 설계를 유력 설계 사무소에 맡기도록 지시했다. 그렇게 시작된 일주일이 눈 깜짝할 사이에 지나가고, 이 회장과 태호가 고대하던 8월 4일 월요일 아침이 돌아왔다,

태호가 평소와 같이 아침 6시에 일어나 세면을 하러 화장실로 들어가는데, 여느 날과 달리 이 회장은 산책을 않고 거실에 앉아 있었다. 그런데 그 표정이 뭔가 이상했다.

심드렁하달까? 하여간 실망한 표정에 가까운 것이 아무튼 좋지 않은 표정임은 분명했다. 그래도 태호는 화장실로 들어가 세면을 마치고 나와 아직도 거실에 앉아 있는 이 회장에게 물었다.

"오늘은 산책을 일찍 끝내셨네요?"

"기대가 크면 실망도 크다더니, 에이……!"

자리를 박차고 현관으로 향하는 이 회장을 보고 태호가 물

었다.

"특별한 기사가 없었습니까?"

"읽어봐!"

퉁명스럽게 한마디 한 이 회장이 밖으로 나가자 태호는 '왜 저러지?' 하는 표정으로 조간신문을 몽땅 쓸어안고 정원 테이블로 향했다. 그리고 신문 하나를 집어 펼쳐 들었다.

그러자 '폭력 사기 밀수 마약 등 사회악사범 일제소탕', '불량배 일제검거', '나이지리아 베네수엘라와 원유 도입 합의' 등의 굵은 글씨가 눈에 들어왔다. 고개를 설레설레 저으며 경제면을 펼쳐 드니 비로소 입에 맞는 기사 하나가 떠 있었다.

'가락동 농수산물 종합도매시장 건설계획 수립'이라는 타이틀 기사에 이어 82년 초 부지 54만 2,920㎡(16만 4,232평), 연건축면적 26만 1,787㎡(7만 9,190평), 건물동수 47동의 도매시장 건설에 착수할 것이라는 내용이 게재되어 있었다.

이건 이미 허무도가 알려준 것이니 2차 팁은 아니라는 생각에 태호는 조간신문 전체를 대상으로 경제면만 빠르게 읽어 나갔다. 그러나 특별한 기사가 없어 이 회장이 왜 실망한 표정을 지었는지 알게 되어 고개를 주억거리는데, 조금 이상한 기사 하나를 발견했다.

그러나 큰 기사라고 할 수도 없고 유독 관영 매체라 할 수 있는 '서울신문'에만 실려 있어, 태호조차 확신을 못하고 석간

신문에서 다시 확인해 보리라 생각하며 신문 읽기를 마쳤다.

그리고 이날 오후에 배달된 석간신문 중 중앙일보(94년 조간으로 전환)에서 똑같은 내용의 기사를 확인하고 이거라는 확신이 들었다. '향후 10년간 주택 5백만 가구 건설'이라는 소제목하에, 1980년 5월 설치된 국가보위비상대책위원회(국보위) 명의로 발표된 정책이었다.

이를 위해 국보위는 '택지개발촉진법(택촉법)' 제정을 추진한다는 내용과 함께 서울의 개포동·고덕동·목동·상계동·중계동 등지에 대규모 아파트 단지를 조성할 예정이라는 내용까지 실려 있었다.

이 정도 기사와 내용이면 이 회장도 전 신문을 꼼꼼히 읽었으면 분명 서울신문에서 보았을 확률이 높았다. 그런데 이 회장은 왜 실망했을까? 당시 전국의 주택 수가 5백만 가구 정도였는데 그와 맞먹는 물량을 10년 안에 짓겠다고 하니, 이 회장뿐만 아니라 많은 사람이 실현 가능성에 의문을 품었다.

더구나 이 기사가 전 신문에 다 실린 것도 아니고 중앙일보와 서울신문에만 조그맣게 실려 있으니, 이 회장이 읽었다 해도 확신은커녕 스쳐 지나갔을 수도 있다는 생각이 들었다.

이렇게 확신이 서자 태호는 망설임 없이 중앙일보를 둘둘 말아 손에 쥐고 보무도 당당히 회장실로 향했다. 그리고 비서실에 도착하자마자 태호는 말없이 철해놓은 신문 중 오늘자 서울신문만 빼서 함께 들고 회장실을 노크했다.

똑똑!

"들어와!"

태호가 문을 열고 들어서니 역시 퉁명스러운 음성을 토해 냈다.

"무슨 일이야?"

"개포 고덕동도 좀 매입을 해야겠습니다."

"자네 지금 염장 지르기로 작정을 했나?"

"이것 좀 보십시오."

"뭔데?"

태호가 내미는 신문을 빼앗다시피 해서 이 회장은 소파로 향했다. 태호 또한 소파로 가 앉자마자 말했다.

"경제면을 한번 읽어보십시오."

"아침에 봐도 농수산물 시장 건설 기사 외에는 별 내용이 없더만?"

"그래도 찬찬히 한번 읽어보십시오."

이에 어쩔 수 없이 이 회장이 신문을 멀찌감치 떼어놓고 읽으려 하자 태호가 말했다.

"향후 10년간 주택 5백만 가구 건설이라는 기사가 있잖습니까?"

"어디……? 아, 여기 있고만."

"자세히 읽어보십시오."

그러자 이 회장이 태호를 힐끔 봤다. 이에 눈치를 챈 태호가 급히 일어나 이 회장 집무용 책상 위에 있는 돋보기를 가져다주니, 고개를 주억거린 그가 그제야 작은 글씨들을 읽어 내려가기 시작했다.

곧 읽기를 마친 그에게 태호는 중앙일보도 읽기를 권했다. 그러자 호흡이 조금 빨라진 이 회장이 중앙일보를 집어 들고 얼굴 전체를 아래위로 빠르게 움직이기 시작했다. 곧 읽기를 마친 그가 한껏 들뜬 음성으로 태호에게 물었다.

"이게 정말일까?"

"누구도 믿지 않겠지만 사실일 겁니다. 지금 전국의 주택 가구 수가 5백만 호 정도인데, 향후 10년 안에 맞먹는 물량을 짓겠다니 누구나 허풍으로 인식했을 개연성 커, 신문조차도 아예 싣지 않거나 작은 기사로 취급했을 겁니다. 그러나 허무도의 말을 생각하면 이거야말로 그 사람이 우리에게 주는 팁이라고 저는 확신하고 있습니다. 그리고 설령 500만 가구를 못 지으면 또 어떻습니까? 우리는 단지 기사에 실린 내용대로 개포·고덕·목동·상계·중계동 일대에 아파트가 들어설 만한 곳을 매입해 놓으면 되는 겁니다. 회장님!"

"자네 말이 진짜 맞는 것 같아. 그리고 설령 만에 하나 천에 하나 그곳에 땅을 사놓았다가 개발이 안 되면 또 어때? 눈만

뜨면 오르는 것이 부동산값인데 손해 볼 일은 절대 아니지."

"그렇습니다, 회장님!"

"좋았어! 다시 한번 신문에 실린 곳을 세밀히 내사해 부지가 될 만한 곳을 집중 매입하도록 해."

"자금은 충분합니까?"

"이 사람이 지금……."

노여운 표정을 짓는 이 회장이었지만 전혀 개의치 않고 태호가 말했다.

"노파심이라는 게 있잖습니까?"

이를 받아 이 회장이 퉁명스럽게 말했다.

"재계에서 괜히 우리 그룹을 알부자라고 하는 줄 알아?"

"실탄이 충분하다니 마음껏 활개를 쳐보겠습니다."

"그래, 그래! 자금 걱정 말고 어디 마음대로 사들여 봐. 참, 가락동 건은 어찌 되고 있나?"

"10만 평을 매입해 놓았습니다. 회장님!"

"그렇게나 많이?"

"오늘 기사에도 나지 않았습니까? 예정지가 16만여 평이라고. 그러니 조금 부족한 듯합니다만?"

"과욕은 금물이야. 그 정도면 충분해!"

조금 전 아파트 매입 건을 지시할 때와는 상반되는 말이었지만 태호는 고개를 끄덕이며 말했다.

"알겠습니다. 이 시점부터 매입을 중단하기로 하겠습니다, 회장님!"

"그래, 그래. 오늘 신문 기사로 인해 아마 오늘부터 그쪽 일대의 부동산 가격이 폭등을 할 거야. 그러니 매입을 해도 별 재미가 없지."

"그렇습니다."

"하여튼 애썼어! 음……! 고생한 자네에게 선물 하나를 하고 싶은데 원하는 게 있으면 말해보게."

"아직 농수산물 시장 용지도 처분하지 않았고……."

"아, 번지수까지 알려주었고, 신문에는 번지수만 안 나왔지 허무도가 알려준 그대로인데 얼마나 더 신빙성을 두겠는가? 그러니 이 일은 높은 금액에 팔아먹을 일만 남았으니 선물을 받을 자격이 충분해!"

"정 그러시면 차를 하나……."

"그래, 그래! 사적으로 차 한 대 있는 것도 괜찮겠지. 매일 회사 차만 이용하려니 불편한 점도 있었을 거야. 그러니 가서 마음에 드는 놈으로 한 대 뽑아."

"감사합니다, 회장님!"

급히 고개를 조아리는 태호를 흐뭇한 시선으로 바라보던 이 회장이 물었다.

"효주와는 잘되어가나?"

"네, 조금씩 마음의 문을 여는 것 같습니다."

"내가 봐도 그래. 그러니 잘해보라고."

"네, 회장님!"

이렇게 되어 태호는 즐거운 마음으로 자신의 방으로 가며 여러 생각을 했다.

'어느 차를 사면 좋을까?', '어디서 구입하지?' 여기까지 생각했을 때, 퍼뜩 머리에 떠오르는 얼굴 하나가 있었다.

고등학교 동창생 녀석이었다. 외무고시에 행정고시까지 합격하고 나니 동창회 총무까지 학교로 찾아와 꼭 동창회에 참석해 달라는 성화에 처음으로 동창회에 나간 일이 있었다.

그때 참석한 대부분의 동창들이 전화번호를 알려달라고 달려들었다. 하지만 없는 번호를 알려줄 수도 없는 노릇이었고, 먼저 사회로 진출한 친구들의 명함만 잔뜩 받아온 기억이 있었다.

그런 친구 중 유독 더 친절하면서도 집요하게 굴던 녀석이 있었다. 보험회사에 근무하는 친구로, 학교 다닐 때는 별로 친하지도 않았던 녀석이었다. 그런 녀석을 포함하여 태호는 받아온 명함을 한 장도 버리지 않았다.

전생의 기억 때문이었다. 사업에 실패하고 나니 아니래도 죽을 맛인데 주변에 꼬이는 놈들은 사기꾼들뿐이고, 궁극에는 친구의 꼬임에 빠져 다단계까지 손을 댄 적이 있었다.

그때는 정말 명함 하나가 새로웠다. 그런 기억 때문에 태호는 사람을 대함에 있어서 항상 여지를 남겨두었고, 받은 명함은 잘 간직했다가 명함철에 모두 철해두었다.

기왕 남에게 살 것이라면 보험은 물론 자동차도 잘 연결시켜 준다는 녀석에게 산다면, 자신 덕분에 그 녀석에게 떡고물이라도 떨어지지 않을까 생각하며, 녀석의 전화번호를 생각해 내려니 생각날 턱이 없었다.

당시에는 관심이 없어 단지 철해둔 것에 그쳤기 때문이다. 그렇지만 하나 기억나는 것도 있었다. 녀석이 다니던 보험회사 이름이었다. 그래서 태호는 자신의 방으로 돌아오자마자 0431이라는 지역번호와 함께 114로 전화를 걸었다.

곧 전화 교환 사무원으로부터 그 회사의 번호를 안내받고 바로 그 회사로 전화를 걸었다. 그 결과는 외근 중이라 당장은 연결할 수 없으니 전화번호를 남겨주시면 들어오는 대로 연락드리겠다는 여사무원의 답변뿐이었다.

기왕 녀석에게 팔아주기로 결심한 이상 태호는 친절하게도 자신의 회사 전화번호와 함께 기획실로 연락 달라는 메모를 남겨두었다. 그리고 오전 근무를 마치고 식사를 하고 들어오니 먼저 식사를 끝내고 앉아 있던 이 양이 말했다.

"친구분한테 벌써 몇 번이나 전화가 왔었어요."

"그래? 청주라지?"

"네."

"그 친구에게 전화 좀 넣어봐."

"네."

영업하는 녀석이라 전화번호쯤은 남겨두었으리라는 생각에 말한 것인데, 이 양은 더 이상 묻지 않고 바로 메모를 보며 다이얼을 돌리기 시작했다.

찌르륵 찌르륵 소리가 거푸 나더니 이 양의 통화하는 소리가 들려왔다.

"거기 이재덕 씨 좀 바꿔주세요."

한마디 하더니 이 양이 바로 태호에게 전화기를 넘겨주었다.

"받으세요!"

"여보세요!"

─나다. 재덕이! 네 전화 기다리느라 눈 빠질 뻔했다. 너 없는 사이 몇 번을 전화했는지 몰라.

"전화 기다리는데 왜 눈이 빠져?"

─쓸데없는 소리 말고 왜 전화했냐? 어디 좋은 취직 자리라도 있냐? 이 짓도 더러워서 못 해먹겠다. 매일 굽실굽실 남 비위 맞추느라고 벌써 허리가 팔십 먹은 노인같이 됐다.

"헛소리 말고, 차 하나 사려고 하는데……."

─아, 차? 가만 있어 보자…….

"왜? 차는 취급 안 하냐?"

—그게 아니라 기왕이면 서울 아는 놈한테 해야 배송하기도 편할 것 같아서. 그나저나 보험은 나한테 꼭 들어야 한다.

"아니라면 왜 너한테 전화했겠니?"

—하하하! 역시 친구가 좋긴 좋구나!

"그보다 어떻게 빨리 안 되냐?"

—너 상득이 알지?

"몰라!"

—하긴 공부만 하던 샌님이니 문수 작은 건 내 이해한다. 하여튼 그 녀석이 지금 자동차 판매원하고 있거든.

"그래서?"

—아, 너 꼼짝 말고 회사에서 기다려. 내 바로 서울로 올라가서 그 녀석하고 함께 네 회사로 찾아갈 테니까.

"알았다. 오는 대로 연락 줘라!"

—오케이!

룰루랄라 소리를 얼핏 들으며 태호는 바로 전화를 끊어버렸다. 이후의 일은 일사천리로 진행되었다. 두 녀석이 함께 와 금년에 새로 나온 1,439cc 새턴 엔진을 탑재한 포니 1400을 소개하기에 이른 것이다.

'겉으로 보기에는 5도어 해치백이나, 실제로 테일 게이트가 뒷유리와 함께 열리지 않기 때문에 캐빈 룸과 트렁크 룸이 분

리된 4도어 패스트백(Fastback)이다'라고 설명을 하나 그것보다 가격이 중요했으므로 가격부터 물었다.

그 결과 일시불로 한다니 5만을 빼주어 2백 90만 원이 적힌 최종 계약서에 사인을 했다. 결과를 가지고 퇴근길에 이 회장을 찾아가니 이 회장이 중얼거리듯 물었다.

"5만 원이 더 싼데?"

"네?"

그의 섬세함에 깜짝 놀란 태호는 내심 조심해야겠다는 생각을 하며 사실대로 답했다.

"아, 네. 일시불로 한다 했더니 5만 원을 깎아주었습니다."

"아, 그래? 정직해서 좋군."

"진정 감사드립니다, 회장님!"

"더 열심히 해. 그게 나한테 보답하는 길이야."

"네, 회장님!"

"참, 면허를 따야지?"

"네, 시간 내서 바로 따는 것으로 하겠습니다. 회장님!"

"그래, 그래. 잘하라고."

"네, 회장님!"

차 두 번만 사주었다가는 공치사로 해 저물겠다는 생각을 하며 회장실을 물러 나온 태호는 바로 퇴근길에 서점에 가서 운전면허 시험 책을 샀다.

그리고 태호는 이날 밤늦게까지 밤새워 사온 책을 한 번 읽고 바로 다음 날 오전에 면허시험장으로 가서 접수를 한 뒤, 당일 오후에 필기시험을 봤는데 92점이 나와 바로 이튿날 실기시험에 응시를 했다.

그 결과, 바로 합격을 해 모두를 놀라게 했다. 지금과 같이 주행 시험이 있는 것도 아니라 쉽기도 했지만, 전생에서 몇십 년 운전을 한 것이 큰 보탬이 되었다.

확실히 몸으로 체득한 것이 생을 바꾸어도 그대로 경험치로 남아 수월하게 합격할 수 있었던 것이다. 이래서 머리에 든 지식과 몸으로 체득한 것은 도둑질당할 염려도 없으니 참으로 좋은 것이라는 생각을 태호는 여러 번 했다.

아무튼 차가 나오는 것보다 운전면허를 먼저 딴 태호는 바로 상득이라는 놈에게 전화를 걸어 재촉을 하니 내일 나온다는 답변을 들었다.

서류상에는 넉넉하게 5일 후 인도로 해놓고 빨리 갖다주었다고 생색을 내려는 것인지, 실제로 빨리 빼주었는지는 모르지만 아무튼 주문한 지 3일 만에 차를 소유하게 된 태호는, 그날 퇴근길부터 자신의 차를 몰고 다니게 되었다.

다음 날부터 태호는 목동·상계지구는 물론 개포·고덕지구까지 땅을 보러 다니며, 아파트가 들어설 만한 곳의 땅을 돈을 물 쓰듯 쓰며 열심히 매입하기 시작했다. 그렇게 또 일주일이 훌쩍 지나가고 여일하게 주말이 돌아왔다.

이날 오후.

태호가 퇴근을 하니 예상대로 효주가 돌아와 있었다. 이에 태호는 부지런히 가정부를 괴롭혀(?) 흰 종이에 사인펜으로 여러 번 굵게 칠해 차 뒤의 유리창에 붙여놓았다.

'첫 경험! 아저씨 무서워유!'

라는 글귀를 보며 혼자 낄낄거리던 태호는 곧장 2층으로 가 효주의 방을 노크했다.

"효주 씨, 접니다."

"왜요?"

"날씨도 좋은데 드라이브나 합시다."

"좋기는 뭐가 좋아요. 덥기만 한데. 그리고 초보 차를 겁나서 누가 타요?"

"아, 이거 왜 이러십니까? 제가 운전하는 것 못 봤죠?"

"당연히 못 봤죠."

"내가 택시 기사보다도 운전 잘합니다. 베스트 드라이버란 말입니다."

"뻥은……."

"진짜라니까요?"

"더운데 자꾸 어딜 가자고 그래요?"

그 말이 들리는 것과 함께 방문이 열렸다.

"가실까요, 공주님?"

태호가 정중하게 두 손을 모아 앞 방향을 제시하니 눈을 곱게 흘긴 그녀가 미소의 여운이 남은 음성으로 물었다.

"어디로 갈 건데요?"

"원하는 데로 모시겠습니다."

"나는 아는 데 없어요. 태호 씨 마음대로 하세요."

"네, 알아서 모시도록 하겠습니다. 공주마마!"

곧 씩씩하게 앞장서서 걸으니 그녀가 조용히 뒤를 따라왔다. 그렇게 해 차가 있는 곳까지 도착한 효주가 기어코 차 뒷 유리창에 붙은 글귀를 보았다.

아니, 읽었다.

갑자기 효주의 예쁜 얼굴이 붉게 상기되었다. 아름다운 얼굴이 붉어지니 복사꽃이 만개한 것보다 더욱 아름답게 느껴졌다. 그래서 태호가 넋을 잃고 바라보고 있는데 그녀가 태호의 시선을 느꼈는지 외면하며 말했다.

"너무 지나쳐요. 아무리 남자가 달고 다닌다 해도."

"단지 웃자고 한 짓이었습니다. 지나치다 느끼셨다면 즉시 떼어내겠습니다."

말이 끝나자마자 태호는 문을 열고 들어가 얼른 그 스티커(?)를 떼어냈다. 그리고 두 손을 모으며 말했다.

"타실까요? 공주님!"

말이 끝나자마자 태호는 조수석 문을 열고 그녀를 기다렸다. 곧 그녀가 여전히 태호의 시선은 피한 채 조수석으로 가 스커트를 단정히 모아 착석했다.

친절하게 안전벨트까지 매준 태호는 곧 운전석으로 가 자신도 안전벨트를 매고 시동을 걸었다. 이 행위가 지금의 연인 사이에서는 보편화되어 있을지 몰라도 당시 사회 분위기로 보면 파격이었다.

그리고 '첫 경험' 어쩌고저쩌고 한 것도 지금 이러고 다닌다면 여성들에게 몰매를 맞을 것이다. 성희롱이라고. 그러나 당시 사회 통념상으로 보면 웃으며 지나칠 수 있는 정도의 문제였다. 물론 여성으로서는 상을 찡그렸을지 몰라도.

"어디로 모실까요?"

"아는 데가 없다고 그랬잖아요?"

"강릉 경포대 어떻습니까?"

"너무 멀어요. 저녁때까지 돌아올 수 있는 곳으로 갔으면 좋겠어요."

"가까운 송추계곡 어떻습니까?"

"좋아요."

"알겠습니다."

곧 차가 천천히 골목길을 빠져나와 대로로 접어들자 빠른 속도로 내달리기 시작했다. 이를 보고 그녀가 말했다.

"전에 운전했었어요?"

"아니, 처음입니다만?"

"너무 능숙해요."

"이래 뵈도 못하는 게 없는 놈입니다."

"흰소리는?"

"그것 빼놓으면 시체입니다."

"호호호!"

조용히 웃던 그녀가 물었다.

"장남이라면서요?"

"네."

"어깨가 무겁겠어요."

"의당 짊어져야 할 짐이라 생각하고 한 번도 부담스러워한 적은 없습니다. 당당히 헤쳐 나갈 뿐이죠."

"그런 자신감이 보기 좋아요. 딱 두 번째로 그런 사람을 만났네요."

무슨 말뜻인지 이해했지만 태호가 시침을 뚝 떼고 물었다.

"무슨 말입니까?"

"지금 유학 가 잠깐 사귀던 사람이 첫 번째고, 태호 씨가 두 번째예요. 그렇지만 그 사람도 내 앞에 서면 우물쭈물하는 것이 많았어요. 다른 사람은 감히 다가와 말 붙일 생각도 못 했고요. 그래서 내 주변은 항상 쓸쓸했어요."

"너무 잘나도 문제군요."

"……."

수긍한다는 듯 말없이 고개를 끄덕이는 그녀였다. 그녀가 말이 없자 잠시 차 안에 정적이 내려앉았다. 이때 그녀가 창문을 열며 말했다.

"좀 덥네요."

"아, 그렇죠?"

태호 또한 창문 손잡이를 돌려 창문을 좀 내렸다. 에어컨도 없어 차 안은 복사열까지 가세해 상당히 더웠다.

맞바람이 치자 점차 더위가 가셨다. 그러나 그녀의 긴 생머리가 바람에 이리저리 흩날리는 불상사(?)는 막을 수 없었다. 그렇지만 그 모습마저도 너무 아름다워 태호는 문득 엉뚱한 생각이 들었다.

"미스코리아 선발 대회에 나가보시는 건 어떻습니까?"

"싫어요!"

"왜요?"

"꼭 여자를 상품화하는 것 같아 싫어요."

그녀의 대답에도 불구하고 이 순간 태호의 머리는 엉뚱한 생각을 하고 있었다.

'머지않아 컬러 TV 시대가 열린다. 벌써 이 선발 대회에 참가하여 톡톡히 재미를 본 그룹이 있지. 그것도 라이벌 업계

가. 공중파 방송에서 생중계를 함으로써 회사 이름을 널리 알리는 것은 물론, 당선된 아름다운 여인이 그 회사를 대표하게 됨에 따라 그녀의 이미지가 회사에 투영되어, 그 회사조차도 아름답게 포장되는 부수 효과까지 누렸지.'

이때 효주가 물었다.

"무슨 생각을 그렇게 하세요?"

"아, 네! 아름다운 효주 씨와의 미래를 꿈꿔봤습니다."

"참, 내! 떡 줄 사람은 생각도 않는데 김칫국부터 마시기에요?"

"김칫국만 마시는 것이라도 황홀하기만 하네요."

"참 내……!"

어이없어 하면서도 기분은 나빠 보이지 않는 그녀를 보며 태호는 화제를 전환했다.

"그쪽 창문은 올리세요. 이쪽만 열어놔도 이제는 시원할 겁니다."

"네. 그런데 형제가 몇이에요?"

"밑으로 여동생 하나와 남동생 둘이 있습니다."

"크게 많지는 않네요."

"그런 편이죠."

이 당시 보통 가정을 기준으로 서너 명은 기본이요, 형제자매가 대여섯 되는 집안도 상당히 많은 시절이었다.

이렇게 두 사람은 송추계곡에 도착해 시원한 나무 그늘 아래에서 물소리를 들으며 매운탕을 안주로 소주도 한 병 마셨다. 그리고 이날 해거름에 집으로 돌아왔다.

그리고 돌아온 월요일 아침.

태호는 출근하자마자 이 회장을 찾아갔다. 그리고 불쑥 말했다.

"우리도 미인 선발 대회에 참가하는 것은 어떻습니까? 회장님!"

"무슨 자다가 봉창 두드리는 소린가?"

"미스 한국일보와 같이 우리 그룹 소속의 미인도 하나 선발하는 것이죠. 그렇게 되면 미스 삼원이 되겠네요."

"삼원짜리라고 놀림이나 안 받으면 다행이겠다."

"놀림은 받을지 몰라도 우리 회사를 널리 알리는 데는 그만일 겁니다. 스폰서 비용이야 얼마 되겠습니까? 하지만 머지않아 열릴 컬러 TV 시대에 그녀의 아름다움은 곧 우리 회사의 이미지에 그대로 투영되어 아름다움을 추구하는 멋진 그룹 이미지가 될 것이고, 또 앞으로는 그녀들이 방송계나 영화계에 활발히 진출하는 시대가 열릴 겁니다. 그렇게 되면 그녀를 볼 때마다 우리 그룹을 떠올릴 것이니, 그 부수적인 효과는 들인 비용에 비해서 엄청날 것입니다."

"자네 말을 듣고 있노라면 안 하고는 못 배기는 마력이 있단 말이야?"

"진실만을 말하기 때문일 것입니다. 회장님!"

"하하하! 진실을 그런 곳에도 갖다 붙이나?"

"한번 알아볼까요?"

"그래. 알아보되 비싸면 할 수 없음이야."

"네, 회장님!"

이렇게 되어 태호는 주관사인 한국일보 회장을 만나기 위해 정보부 비서실장 허무도부터 찾았다.

그가 비록 정보부 비서실장이지만 문공분과위원이기도 해 그가 주로 담당하는 일이 언론에 관한 일이기 때문이었다. 따라서 그가 언론에 미치는 영향력은 막강해서 언론사 몇 죽이고 살리는 일은 일도 아니었다.

그 증거로 훗날 야기된 언론사 통폐합 및 대규모 언론인의 해고 및 숙정을 들 수 있을 것이다. 아무튼 그런 그의 소개인지라 태호는 쉽게 만나기 어렵다는 한국일보 장강재 회장을 만날 수 있었다.

작년에 아버지로부터 회장직을 물려받은 그는 아직 삼십대의 젊은 나이였다. 그래서 그런지 몰라도 둘은 대화를 나눌수록 의기상통했고 친밀함을 느꼈다.

그 결과 태호는 그로부터 한국일보에 삼원그룹 제품 광고를 6개월 내고, 당일 주관방송사에 광고 한 편을 내는 것으로, 매해 '미스 삼원'을 뽑을 수 있는 권리를 획득했다.

그러나 올해는 뽑을 수 없었다. 5월 15일 날 벌써 선발을 마쳤기 때문이다. 그러니 내년을 기약할 수밖에.

*   *   *

세월은 빠르게 흘러 어느덧 2주일도 더 지난 월요일 아침이 었다. 태호가 출근하자마자 정보부장 정태화가 기쁜 얼굴로 따라 들어오며 말했다.

"찾았습니다."

"뭘 말입니까?"

"건설회사 대표 말입니다."

"어디 있었습니까?"

"울산 수암에서 일용노무자로 지내고 있는 것을 어렵게 찾 아냈습니다. 전 동료들의 협조까지 받아가며 말입니다."

태호는 더 이상 그에게 묻지 않았다. 그가 구체적인 이야기 를 하지 않으려는 것을 보면 찾는 데 분명 불법을 자행했을 것이기 때문이었다. 아무튼 그의 이야기는 다름 아닌 대전 공 설운동장을 건설하다 부도를 내고 잠적한 건설회사 대표에 대 한 이야기였다.

대정건설이라고 크게 이름이 알려지지 않은 도급 랭킹 125위쯤 되는 제법 실한 중견 건설업체였다. 건설노무자로 시작해 회사 대표가 되기까지 고생을 많이 한 문창수라는 사람은 사업 능력도 있는 사람이었다.

그러나 그는 삼 년 전부터 친구의 유혹에 빠져 도박에 손을 댄 것이 그만 나락으로 떨어지는 지름길이 되었던 것이다. 타짜들이 그렇듯 처음에는 조금씩 잃어주기도 하다가, 끝내는 알거지를 만드는 것도 모자라 빚을 최대한 낼 때까지 밀고 당기기를 거듭하며 결국에는 그를 수렁에 빠뜨린 것이다.

아무튼 대표의 직인이 있어야 회사를 사든지 말든지 할 것이기 때문에 그를 끝내 찾아냈고, 그가 어떻게 해서 부도를 내게 되었는지 대충 경위까지 들은 태호가 최종 결론을 내려는데 정태화가 입을 열었다.

제7장
본격적인 사업 전개 I

"사람이 변했더군요. 술과 담배도 모두 끊었고, 도박을 끊기 위해 단지(斷指)도 했더군요. 더구나 성당도 나가며 착실하게 생활해 번 돈 모두를 가족들에게 송금해 왔습니다. 그것이 단초가 되어 그의 계좌를 추적하는 과정에서 그의 거소를 알게 됐지만 말입니다."

"요점이 뭡니까?"

태호의 질문에 정태화가 답했다.

"적임이 없다면 그에게 다시 한번 기회를 줘보는 것은 어떻겠습니까?"

"그에 앞서 인수 건부터 해결하는 것이 순서일 것 같습니다만?"

"그의 요구는 자신이 개인적으로 빌려 쓴 사채 5천과 하도급 대금 및 정산하지 못한 노임을 합쳐 1억 원만 변제해 준다면 명의 변경을 해주겠다고 약속했습니다."

"은행권은요?"

"저희 팀에서 알아본 바로는 의외로 은행은 깨끗이 정리되어 있었습니다. 모두 담보를 제공하고 돈을 빌려 썼는데 그것을 경매에 붙여 모두 변제를 받은 것이지요."

"그 정도로 양호했다면, 잘만 하면 금융권에서 돈을 더 융통할 수가 있어 부도를 내지는 않았을 것 같은데요?"

"자신의 말로는 외압도 있었다고 하는데 액면 그대로 받아들일 수는 없고, 은행도 바보가 아닌 이상 그의 사생활에 대해 어느 정도 알고 제동을 걸지 않았을까요?"

"제 생각에는 은행들이 그 정도로 신용 평가에 능하지는 못하니 차라리 외압설이 더 신빙성이 있군요. 그러나저러나 문제는 대정건설이 1억 5천을 주고 살 만한 가치가 있냐는 것인데……."

태호는 깨끗이 민 턱을 연신 쓰다듬으며 생각에 빠졌다. 그런 그를 보며 정태화가 말했다.

"랭킹 125위 정도면 대단한 회사죠. 전국에 수천 개가 넘는 토목 건설업체가 있을 것인데요? 알아본 바로는 주택건설업 면허도 있고요. 당연히 종합건설회사로서 건설 토목업을 영위할 수 있고요. 그런데 문제는 종합건설회사가 면허를 신규로 취득하려면 자본금이 1억 7천만 원 이상 있어야 하고, 또 금방 내주는 것도 아니므로 양도받는 것이 훨씬 유리할 것 같습니다. 실장님!"

"말씀대로 이것저것 따져봐도 양도받는 것이 훨씬 유리하겠습니다. 한데 그를 매우 좋게 보는 것 같습니다?"

"부도가 났는데 누가 하도급업체에 밀린 노임을 정산하려 합니까? 그것 하나만 보아도 양심이 있는 사람이죠."

"그렇게 생각하면 그렇습니다. 그를 한번 만나볼 수 있겠습니까?"

"주인집 전화번호를 알아놨으니 가능합니다."

"하면 그를 바로 서울로 올라오게 할 수 있도록 하세요."

"네, 실장님!"

그리고 이틀 후.

오전 8시 정식 업무 시간이 막 시작되었는데 노크 소리와 함께 정태화가 한 사람을 데리고 들어왔다.

태호는 그가 직감적으로 문정수라는 전 대정건설 사장임을 알고 유심히 살펴보았다. 점퍼 차림을 한 그는 오십 대 중반에 다부진 체격의 소유자로 얼굴이 검게 타 있었다.

"실장님! 제가 말한 문 사장입니다. 늙어 보이지만 실제는 52세밖에 되지 않았습니다. 인사드리세요. 기획실장님이십니다."

정태화의 말에 문창수도 놀란 얼굴을 했다. 실장이라는 사람이 예상외로 젊어 보였기 때문인 모양이었다. 그런 그가 급히 허리를 굽히며 두 손을 엉거주춤 내밀었다.

자리에서 일어난 태호는 그의 손을 굳게 잡고 흔들며 말했다.

"전략 기획실장 김태호입니다."

"말씀 많이 들었습니다. 문창수라 합니다. 잘 부탁드리겠습니다, 실장님!"

"자, 자리에 앉읍시다. 이 양, 차 좀 부탁해!"

"네, 실장님!"

이 양의 대답에 태호는 문창수를 보며 물었다.

"차는 뭐로 하시겠습니까?"

"주시는 건 뭐든 잘 먹습니다."

그의 말에 문법을 따질 게재는 아니므로 태호는 그에게 동의를 구했다.

"커피 괜찮겠습니까?"

"네, 좋아합니다."

"이 양, 커피 세 잔."

"네!"

이 양이 커피를 준비하는 동안 태호는 그에게 궁금한 사항을 물었다.

"최종 부도를 낼 때 말입니다. 더 자금을 융통할 수도 있었잖습니까?"

"솔직히 제가 친척과 개인 사채를 좀 빌려 쓰긴 했지만 그때까지 금융권에서는 신용을 잃지 않았습니다."

"그러고 보면 그 말도 어폐가 있군요."

"정상인 같으면 이자가 싼 은행에서 대체로 돈을 빌려 쓰다가 은행에서 거절하면 사채 내지는 친척 집에 손을 내미는 것인데…… 솔직히 제가 개인적으로 도박에 미쳐 있었지만 사업만은 어떻게든 꾸려가 보려고 거래 은행에 신용을 잃고 싶지 않았고, 최소한 최악의 경우 그들이 연장을 해줄 줄 알았습니다. 그런데 갑자기 연장을 해줄 수 없다며 부도 처리하는 것으로 봐서는 누군가의 외압이 있지 않았을까 하는 생각이 들었습니다."

"사업을 하면서 누구와 척을 진 일이 있었습니까?"

"뚜렷하게 개인적으로 누구에게 원한을 산 일은 없습니다만, 이 세계가 원체 경쟁이 치열하다보니 알게 모르게 미움을 샀는지는 모르겠습니다."

"좋습니다. 지금 청문회하는 것도 아니고……"

"네?"

"혼잣말입니다. 우리의 인수 조건은 들었지요?"

"네!"

"좋습니다. 1억 5천에 우리가 양도받는 걸로 하고, 정 부장이 문 사장을 잘 봤는지 우리 그룹에 추천을 하던데, 의향이 있습니까?"

"재기해 제 명예를 되찾고 싶습니다. 만약 받아만 주신다면 신명을 바쳐 더 큰 회사로 키워보고 싶습니다."

"좋습니다. 회장님의 결재가 나는 대로 가부간의 결정을 해 드리겠습니다. 됐지요?"

"네, 실장님!"

이때 커피가 나왔으므로 세 사람은 잠시 커피를 마시고 좀 더 많은 이야기를 나누었다. 그리고 이튿날 바로 회장의 결재를 받아 정식으로 대정건설을 인수하게 되었고, 문창수를 건설회사의 부사장으로 발탁했다.

*   *   *

세월은 빠르게 흘러 어느덧 9월 중순이 되었다. 9월 중순이 되자 아침저녁으로 찬바람이 불며 날이 한결 시원해졌다. 그동안 태호는 정보원들과 함께 아파트 예정 부지 수십만 평을 매입했고, 현재도 정보원을 중심으로 진행 중이었다.

그런 속에서 미국으로부터 연이어 낭보가 들려왔다. 그리고 본사 경내에 종합연구소도 착공을 했다. 용지가 조금 부족해 기존 주차장 일부를 할애하기도 했다.

원래는 설계가 4개월 정도 걸린다는 것을 너무 늦다는 생각에 문 부사장을 건축설계 사무소로 보내 비슷한 건물의 설계를 차용해 일부 수정하는 것으로 설계를 끝낸 결과였다. 아무튼 제일 처음 낭보를 전해온 곳은 미국 펩시사였다.

미국에 파견한 직원과 아시아담당 수석부사장이 함께 귀국한 것이다. 이는 그들이 우리와 합작할 의사가 있다는 신호였기 때문에 태호가 주동이 되어 그들과 협상에 착수했다.

그 결과 양 측은 55 : 45의 지분으로 합작회사를 하나 설립하기로 했다. 'SFL(Samwon Frito—Lay)'이라는 스낵 전문회사였다. 그 결과 다음 해 봄에는 이 합작회사의 첫 작품이 탄생하는 개가를 올렸다.

'치토스'라는 과자로 출시하자마자 선풍적인 인기를 끌어 이해 최고의 매출을 올리는 기염을 토했다. 또 이해에 '포카칩'이라는 스낵 제품도 개발되어 감자 스낵 부문에서 매출 1위를 기록하기도 했다.

이것은 조금 훗날의 결과이고, 아무튼 이해 9월 삼원그룹은 또 하나의 회사와 상담을 벌이고 있었다. 바로 KFC라는 패스트푸드(Fast Food) 체인점(Chain Store)업체였다.

그러나 결론적으로 말해 이 회사와의 상담은 결렬되고 말았다. 태호는 10%의 로열티를 주는 조건으로 이 회사의 권리와 모든 기술의 전수를 바랐지만 이들은 끝까지 체인화를 요구했기 때문이다.

즉, 이들의 속셈은 자신들이 직접 한국 시장에 진출할 목적으로 삼원을 상대로 탐색전 및 정보 획득을 노렸던 것이 아닌가 하는 생각이 들어, 태호는 과감하게 결단을 내려 협상 결렬을 선언하고 자체 브랜드를 신속히 개발할 것을 결심했다.

이미 한국에도 토종 브랜드가 생긴 시점이라 더 서두르는 요인이 되었다. 작년 10월 국내 패스트푸드 1호점이라 할 수 있는 롯데리아 소공점이 생긴 때문이었다.

이런 속에서 세월은 유수와 같이 흘러 연말이 되자 사내의 종합연구소가 준공되어 해당 분야가 속속 입주를 했다. 기존 개발 연구소 직원도 있었지만 신규 채용 인력도 상당했다.

이렇게 종합연구소의 불이 밤낮으로 꺼지지 않기 시작하는 시점에는 아파트 예정 부지에 대한 매입도 끝마쳤다. 120만 평 규모로 후반부에는 자금을 감당하기 어려워 기존 사들인 땅을 담보로 은행 대출을 받아 다시 부지를 매입하는 방식을 택했다.

물론 각 부지는 차명으로 주인이 달랐고, 그룹 내 고위급

임원 및 가족들의 이름이 모두 동원되었다. 이렇게 또 한 해가 서서히 저물어가고 있었다.

80년 이 해가 다 가기 전에 권력에 큰 변동이 있었다. 9월 1일 전두환이 최규하 대통령을 하야시키고 스스로 권좌에 오른 것이다. 선거가 아닌 총구에서 나온 권력이었다.

취임사에서 그는 신헌법을 만들어 내년 상반기 중 이를 국민 투표에 붙이고, 이를 근거로 새 대통령을 선출하겠다는 내용도 발표했다. 여기서 또 하나, 이 해가 다 가기 전에 태호가 시작한 일이 있었다.

정보부장 정태화를 불러 편봉호 제과 부사장의 내사를 은밀히 지시한 것이다. 완전히 마음을 놓고 있는 이때에.

아무튼 이렇게 80년이 역사 속으로 저물고 81년 새해로 접어드는가 싶더니, 어느덧 1월도 훌쩍 지나고 2월 중순의 어느 날이었다.

이날 아침 출근하자마자 2팀장 김찬기가 코를 벌름거리며 손에는 음료수병 하나를 들고 태호를 찾아왔다. 그런데 그 음료수병이 마시던 것인지 뚜껑이 따진 채였다. 이를 보고 태호가 물었다.

"아침부터 무슨 음료수를 그렇게 마시오?"

이 말에 빙긋 웃던 2팀장이 대뜸 말했다.

"희소식입니다. 실장님!"

"무슨 일이오?"

"드디어 실장님이 지시한 대로 새로 개발한 음료수가 맛을 내기 시작했습니다."

"그래요? 그럼, 어디 맛을 보러 갑시다."

"그럴 줄 알고 이 병에 담아왔습니다."

말과 함께 이 양이 있음에도 불구하고 그는 스스로 움직여 커피 잔을 가지고 왔다. 그리고 그 잔에 가져온 음료수를 따라 태호에게 권했다. 이에 태호가 맛을 음미하며 천천히 한 잔을 마셔보았다.

그 결과는 보리맛과 레몬향이 나면서도 미국의 코카콜라나 펩시콜라에 비해 덜 달고 맥주처럼 약간의 쌉싸름한 맛이 났다. 이에 태호가 크게 기뻐하며 말했다.

"그래! 바로 이 맛이야! 당장 공장 지을 부지를 선정하고 기계 설비도 갖추도록 해야겠소."

"정말 원하는 맛이 나는 것이죠?"

"물론!"

힘차게 대답하는 태호의 머릿속에서는 광풍 아니 신드롬이라 불릴 정도로, 발매하자마자 미처 생산이 수요를 못 따를 정도로 팔려 나가던, '맥콜(McCOL)'의 폭발적 반응과 광고 장면이 떠오르고 있었다.

맥콜(McCOL)은 일화에서 1982년부터 생산·판매하고 있는 한국의 콜라로서 보리를 이용한 탄산음료다. 위에 언급한 바와 같이 보리맛과 레몬향이 나며 미국의 코카콜라나 펩시콜라에 비해 덜 달고 맥주처럼 약간의 쌉싸름한 맛이 났다.

한국의 토종콜라로서 일본 등에도 수출되며 일본에서는 '멧코오루'라는 이름으로 알려져 있다. 아무튼 이런 맥콜이 제대로 된 맛을 내자 태호는 자신의 말대로 그의 머릿속에서는 '어느 곳에 공장을 지을까? 생산 설비는 어떻게 갖추어야 할까?' 하는 생각 등으로 분주하게 돌아가고 있었다.

곧 공장 용지로 떠오르는 곳이 있어 내심 결심하고, 설비는 생산자들이 더 잘 알고 있으므로 그들에게 맡기기로 하고 2팀장에게 말했다.

"회장님께 보고해야 하니 깨끗한 용기에 담아 한 병을 가져오시오."

"네, 실장님!"

씩씩하게 답한 그가 물러가자 태호는 남겨두고 간, 병을 들고 이 양에게 말했다.

"잔 하나 가져와."

"네?"

그녀의 표정에 '무엇 때문에?'라고 써 있자 태호가 부드러운 웃음과 함께 말했다.

"이 양의 미각을 한번 테스트해 봐야겠어."

고개를 갸우뚱하며 이 양이 커피 잔을 가지고 오자 태호는 그 잔에 남은 음료수를 쏟아 부었다. 그리고 말했다.

"마시고 맛을 말해줘."

"네."

답한 이 양이 마치 쓴 한약을 먹듯 조심스럽게 맛을 보더니 빠르게 한 잔을 비워냈다. 그리고 말했다.

"맛이 독특하네요."

"마실 만해?"

"지금까지 맛볼 수 없던 신선한 맛이에요."

"그래서 맛있다는 거야, 뭐야?"

"좋아요!"

'젠장!'

원하는 정확한 표현이 아니었지만 좋다는 표현에 태호는 알았다는 뜻으로 고개를 끄덕이고 그녀를 자신의 자리로 돌려보냈다.

그리고 10여 분쯤 지나 2팀장이 연구소에서 가져온 새로운 병을 받아 들고 곧장 회장실로 향했다. 비서실에서 잔까지 챙긴 태호는 회장실 문을 노크했다.

똑똑!

"들어와요."

곧 태호가 문을 열고 들어가니 이 회장이 어리둥절한 표정으로 물었다.

"손에 든 건 뭔가?"

"금번에 새로 개발된 음료수입니다."

"그래? 어디 맛 좀 볼까?"

"네, 회장님!"

답한 태호는 곧 커피 잔에 이미 마음속으로는 '맥콜'이라 작명된 음료수를 가득 따라 그에게 넘겨주었다. 곧 천천히 맛을 본 이 회장이 말했다.

"콜라도 아니고, 그렇다고 사이다도 아니고 맛이 뭐 이래?"

"한국적 콜라라고 생각하시면 됩니다."

"응?"

"음료 분야에서는 우리가 후발주자라 이미 세계적인 음료인 코카콜라나 펩시콜라는 타 회사에게 선점당했으니, 우리가 경쟁을 하려면 천생 새로 만드는 수밖에 없는데, 그 대체 제품이 지금 만든 보리를 이용한 탄산음료, 즉 한국 토종 콜라입니다."

"잘 팔릴 수 있을까?"

의문이 가득한 이 회장의 표정에도 불구하고 태호는 자신만만했다.

"틀림없이 불티나게 팔릴 것입니다. 그러기 위해서는 몇 가지 선결 조건이 있습니다, 회장님!"

"말해봐."

"첫째 TV에 대대적인 광고를 때려야 합니다."

"그렇다 치고. 또 있나?"

"공장은 반드시 충북 초정에 지어야 합니다."

"그럴 만한 이유라도 있나?"

"초정광천수는 회장님도 익히 알다시피 세종대왕의 눈병과 위장병을 고쳤다고 알려진 만큼, 국민들 모두 알고 있는 유명한 약수 아닙니까? 따라서 그곳에 공장을 지으면 그런 이미지가 금번 만든 신제품에 덧씌워지는 것은 물론, 그 광천수를 이용하여 천연사이다도 만드는 것입니다. 그렇게 되면 우리는 일거에 콜라와 사이다 시장을 장악할 수 있습니다. 회장님!"

"흐흠……! 그 아이디어는 정말 좋군!"

"또 하나, 순수하게 그 물만을 이용하여 천연탄산수도 생산하여 판매한다면 쏠쏠한 재미를 볼 것입니다. 회장님!"

"좋아! 그렇다 치고 광고는 어떻게 하는 게 좋겠나?"

"'창밖의 여자' 등을 불러 요즘 한창 뜨고 있는 조용필을 모델로 기용하는 게 좋겠습니다. 회장님!"

"그 가수는 대마초 파동으로 이미지가 별로 좋지 않은 것 아닌가?"

"제가 볼 때 지금의 폭발적 반응을 보면 그의 인기는 한동안 하늘을 찌를 것입니다."

"자네의 예지능력을 내 믿은 지 오래이니, 일단 자네 말대로 한번 진행하는 것으로 하지."

"감사합니다, 회장님!"

곧 회장실을 물러나오며 태호는 조용필에 대해 다시 한번 생각하게 되었다. 그는 1977년 대마초 파동에 휘말려 공백기를 갖게 되고, 해금 조치 이후 지구 레코드와의 전속으로 1979년에 현재의 그룹 '위대한 탄생'을 결성하고 공식적으로 가요계에 데뷔하여 정규 1집 음반 수록 곡 '창밖의 여자'를 발표했다.

이 곡이 수록된 조용필의 정규 1집 음반은 대한민국 최초로 100만 장 이상 팔린(밀리언 셀러) 단일 음반이고, 이후 내놓는 앨범마다 히트하면서 1980년대 최고의 히트 가수가 된다.

곧 그의 섭외를 생각하는 태호의 머릿속에는 기타를 치며 자신의 곡을 열창하는 장면과 환호하는 관중들의 모습이 보인다. 이것이 곧 맥콜을 처음 발매할 당시의 광고 모습이었다.

아무튼 곧 자신의 방으로 돌아온 태호는 조용필의 섭외와 초정에 공장 용지를 확보하기 위해 정태화를 찾았지만 외근 중이라 금방 만날 수는 없었다. 이렇게 되니 태호로서는 여간 답답한 게 아니었다.

휴대폰은 고사하고 삐삐라도 있으면 어떻게 연락이라도 취해보련만, 그것도 안 되니 더욱 답답했던 것이다. 아무튼 태호는 곧 맥콜을 담을 캔 용기 외에 다른 제품 용기도 구상했다.

또 천연사이다를 담은 병의 이미지까지 그려보며 한동안 이에 매달렸다. 그렇게 오전이 가고 점심시간이 되니 정태화가 돌아왔다.

돌아온 정태화를 보고 태호가 말했다.

"잠시 나와 이야기 좀 나누고 같이 식사하러 갑시다."

"네, 실장님!"

"우선 편 부사장의 내사는 어떻게 되고 있는지 궁금하오. 지난번에 의문의 재산을 발견했다고 하는 데 확실히 그게 그의 재산이 맞소?"

"중대한 문제이므로 제가 단언하지 못했지만 이름을 빌려준 자들을 계속 회유 협박하여 알아낸 결과는 확실히 그의 재산이 맞습니다. 오늘 마지막 한 명에 대한 녹취를 마쳤고요. 마침 보고를 드리기 위해 들른 길이었습니다."

"내가 좀 성급한 것 같소."

"아닙니다. 상급자로서 당연히 질문할 내용이었죠. 그 외 그가 움직이는 거액이 있는데 계좌는 물론 여러 경로를 통해 현재 추적 중입니다. 확실한 물증이 잡히는 대로 다시 보고를 드리겠습니다."

"다 좋은데 그 돈과 부동산을 어떻게 마련했는지 그것도 알아내야 하지 않겠습니까?"

"지금까지 파악된 것으로는 경리부장은 물론 하청업체들과도 은밀한 거래가 있었습니다만, 더 확실하고, 많은 증거를 확보하기 위해 노력하고 있습니다."

"좋소. 회장님께는 더 많은 확실한 증거를 확보한 후에 종합적으로 보고하는 것으로 하죠."

"네, 실장님!"

"그보다 새로운 임무 두 가지를 맡아주셔야겠습니다."

"말씀만 하십시오."

"조용필 알지요?"

"물론입니다."

"그의 매니저와 접촉해서 음료수 광고 한 편에 출현하지 않겠느냐고 의사를 타진해 주세요. 또 하나는 충북 내수 초정리 부근에 대규모 공장 용지를 물색해 주시죠. 콜라, 사이다. 탄산수 등의 음료를 생산할 공장입니다."

"알겠습니다!"

"자, 같이 식사하러 가실까요?"

"네, 실장님!"

곧 두 사람은 구내식당으로 함께 식사를 하러 갔다.

오후 1시.

오후 업무가 시작되자 태호는 자신의 집무용 책상에 앉아 이제는 천연사이다에 대해 생각하게 되었다. 천연사이다는 원래 일화에서 1985년에 출시된 청량음료였다.

세계 3대 광천수의 하나인 초정탄산수를 사용했으며, 각종 미네랄이 풍부한 청량음료로, 칠성사이다와 킨사이다가 초록 용기를 사용한 반면 천연사이다는 파란색 용기를 사용했다.

한국 브랜드라 해외에 지급되는 로열티가 없고, 카페인과 색소가 첨가되지 않았다. 이 모든 것을 기억한 태호는 원래의 천연사이다처럼 파란색 용기를 사용하기로 했다.

그리고 광고에서는 장점 모두를 부각시키기로 했다. 세계 3대 광천수의 하나인 초정탄산수를 주재로 사용해 각종 미네랄이 풍부한 청량음료로 건강에 유익하다는 점.

한국 자체 브랜드라 로열티가 해외로 빠져나가지 않는다는 점과 카페인과 색소가 첨가되지 않은 건강음료라는 점을 적극 부각시키는 홍보 전략을 수립한 것이다.

이때 태호의 머릿속에 퍼뜩 떠오르는 생각이 있었다. 사이다나 맥콜을 담을 용기 규격을 생각하던 중이었다. 자신도 모르게 순간적으로 책상을 쾅 내리치며 태호가 외쳤다.

"그렇지!"

"어머! 깜짝이야! 무슨 일 있어요? 실장님!"

"엉? 참, 이 양은 플라스틱 용기에 담은 청량음료 제품이나 술 봤어요?"

"아니, 전혀요."

"청량음료나 술도 플라스틱 용기에 담으면 좋을 것 같지 않아?"

"정말… 생각해 보니 그러네요. 수많은 플라스틱 제품이 쏟아져 나와도 술이나 청량음료를 담을 용기는 안 만드는 게 이상하네요."

"바로 그거야. 아직은 기술이 미치지 못하는 모양인데, 개발하는 회사가 있나 알아보고, 아니면 우리가 생산을 해야겠어."

"굿 아이디어예요, 실장님!"

"그 말, 아부는 아니지?"

"흥! 제가 실장님께 잘 보일 일이 뭐가 있다고……. 이미 회사에 소문이 파다한데……."

"그래서 실망했어?"

"네."

"나 빈틈이 많은 사람이야."

"네? 대시하면 받아주시는 건가요?"

"농담이야, 농담!"

"쳇!"

돌아서는 이 양을 바라보는 태호의 머릿속에는 그녀는 안

중에도 없고, 자신이 알기에 페트(PET)병이 미국에서 1973년
도에 이미 발명을 한 것으로 알고 있다. 그런데 어쩐 일인지
아직도 한국에는 페트병 용기에 담은 제품을 보지 못한 것이
다.

그래서 태호는 자신이 말한 대로 이 제품을 개발하는 회사
가 있나 알아보고 없으면 그룹 자체적으로 개발하기로 했다.
정 어려우면 미국회사와 합작 생산까지 검토하기로 했다.

이런 생각을 하고 지시를 내리려니 정태화가 자리에 없는
것이 아쉬웠다. 그래서 태호가 입맛을 쩝쩝 다시고 있는데 갑
자기 노크 소리도 없이 문이 활짝 열렸다.

이에 이 양이 놀란 눈으로 바라보고 태호가 불쾌한 눈으로
입구를 쏘아보는데 2팀장이 싱글벙글하며 말했다.

"신제품이 계속 쏟아지네요, 실장님!"

"또 새로운 제품이 나왔소?"

"이번에는 껌입니다. 실장님!"

"그래요? 자일리톨 껌을 개발했다는 것입니까?"

"네, 실장님! 여기 샘플 가져왔습니다. 실장님!"

말과 함께 김 팀장이 화장품 용기같이 작게 생긴 원형 용기
를 내밀었다. 이에 태호가 그 뚜껑을 열어 살피는데 곁에 다가
온 이 양이 물었다.

"이게 껌이에요?"

"물론!"

이 양이 묻는 이유가 있었다. 안에 든 내용물이 종전의 껌과는 생김이 전혀 달랐기 때문이다. 종전의 껌처럼 판상(板象)이 아닌 초코볼 과자처럼 생긴 작은 원형 알갱이였다. 이는 당연히 태호가 그런 형태로 만들도록 지시를 했기 때문이다.

아무튼 확신에 찬 대답을 하고 태호가 서슴없이 그 작은 알갱이를 집어 씹기 시작하자 이 양도 조심스럽게 하나를 집어 같이 씹기 시작했다. 그리고 얼마 후 이 양이 말했다.

"기존의 껌과 별 차이를 못 느끼겠는데요?"

"충치 예방에 좋아. 그리고 열량이 거의 없기 때문에 다이어트에도 좋고, 특히 당뇨병 환자에게도 유익해."

"무슨 말도 안 되는 소리! 그럼 이게 껌이에요? 의약품이지."

"내가 말한 것은 이 껌이 아니라 자일리톨 자체 성분이 그렇다는 거야. 이 껌은 자일리톨 성분을 45% 함유하고 있기 때문에 그 효능이 좀 떨어지겠지."

"그것만 해도 정말 좋은 껌이네요."

"그렇지?"

씩 웃은 태호는 의약품처럼 원형 플라스틱 용기에 100개 단위로 담아 팔도록 그 자리에서 지시했다. 자일리톨(xylitol)은 천연 소재 감미료로서 설탕과 비슷한 단맛을 내며 뛰어난 청량감을 준다.

채소나 야채 중에 함유되어 있으며 인체 내에서는 포도당 대사의 중간 물질로 생성된다. 상업적으로는 자작나무나 떡갈나무 등에서 얻어지는 자일란, 헤미셀룰로즈 등을 주원료로 하여 생산되고 있으며 그 주산지는 임산자원이 풍부한 핀란드다.

자일리톨은 대표적인 충치 유발균인 뮤탄스균(S.Mutans)의 성장을 억제하고 치아 표면의 세균막인 프라그(치면세균막) 형성을 감소시키며, 프라그 내에서의 산 생성을 감소시킴으로써 충치 예방 기능을 한다.

게다가 고농도의 자일리톨 용액은 치아에서 법랑질이 이탈되는 것을 방지할 뿐만 아니라 이미 이탈된 법랑질이 재침착하도록 한다. 자일리톨을 불소와 함께 사용할 경우 충치 예방 효과가 더욱더 증가하게 된다.

이러한 자일리톨의 구강 보건상의 장점은 전 세계적으로 다양한 연구 결과를 통해 잘 알려져 있으며 핀란드, 노르웨이, 스웨덴 등 스칸디나비아 국가를 비롯한 유럽 여러 나라의 치과 의사 협회에서는 자일리톨이 다량 함유된 제품에 대하여 공식적인 인증 제도를 실시하고 있다.

자일리톨은 1890년대에 처음 알려졌다. 제2차 세계대전이 발발하면서 부족한 설탕의 대용품으로 연구되기 시작한 뒤, 당뇨병 환자용을 거쳐 1970년대 초부터 치의학 분야에 활용

되면서 충치 예방에 적합한 천연 감미료로 인정받았다.

우리나라에서는 97년 9월 22일부터 발매한다는 신문 기사가 등장한다. 롯데제과에서 국민 구강 보건 연구소로부터 '치아우식증 예방제품' 인증을 받은 껌 '자일리톨 에프(F)'를 발매한다는 기사가 실렸다. 그러나 실제로 발매해 유통되기 시작한 것은 2000년대 초였다.

아무튼 태호는 벌써 광고 문구까지 생각하고 있었다. '입안은 안심'이라는 상징성 문구와 함께 양치질을 하고 나서 이 껌을 씹으면 충치 예방의 효과를 볼 수 있다는 내용이었다.

굳이 태호가 양치질을 하라는 내용을 담으려는 것은 이 광고가 훗날 과대광고 시비가 붙기 때문에 이를 피하기 위한 얄팍한 술수였다. 양치질을 하면 당연히 충치 예방에 효과가 있을 것이므로, 시빗거리를 완화하기 위함이었다.

아무튼 태호가 껌에도 이렇게 신경을 쓰는 이유가 있다. '껌 값'이라는 말은 보통 보잘것없이 적은 돈을 일컬을 때 사용된다. 하지만 껌을 우습게 봤다간 큰코다친다. 연간 매출 41조 원, 52개 계열사를 거느린 롯데그룹의 시작점이 바로 이 껌이기 때문이다.

지금도 롯데 껌의 연간 매출액은 2천억 원을 훌쩍 넘는다. 껌만 팔아 매년 2,000억 원이 넘는 돈을 번다는 건 결코 '우스운' 일이 아니다. 현재 롯데 껌은 롯데제과에서 생산하는 과자(껌·캔디·비스킷·스낵·초콜릿) 전체 매출인 8,100억 원 중 약 20%를, 아이스크림과 해외 매출까지 포함한 롯데제과 총매출인 1조 2,000억 원 중 약 13.5%를 차지한다.

껌 하나는 작고 보잘것없지만 이렇게 위대한 것이다. 그래서 태호는 그 자리에서 바로 김 팀장에게 녹차 성분을 넣어 입 냄새를 없애주는 '후라보노 껌', 커피에 든 카페인 유사 성분으로 잠을 깨워주는 '블랙블랙 껌', 치아에 달라붙지 않아 틀니를 한 사람도 씹을 수 있는 '의치 껌' 등을 개발하도록 지시했다.

2000년 1월 전격 선보인 '자일리톨 껌'이 2001년에 1,000억 원, 2002년엔 1,800억 원의 매출을 올리며 껌 시장을 평정한 것과 같이, 삼원그룹의 새로운 주력 제품의 하나가 될 것을 의심치 않으며, 태호는 확신에 찬 음성으로 새로운 껌 개발도 지속적으로 할 것을 지시한 것이다.

이튿날 아침.

태호는 정보부장 정태화를 불러들여 플라스틱 용기, 즉 페트병을 국내에서도 개발하고 있는 회사가 있는지 알아보도록 지시했다.

곧 지시를 받은 정태화가 나가자 이 양이 자신의 차를 들고 태호가 앉아 있는 소파로 왔다. 그리고 그녀가 먼저 말을 꺼냈다.

"있잖아요, 실장님!"

"그래. 뜸 들이지 말고 어서 말해봐."

"제가 비서실에 오래 근무했잖아요?"

"알지."

"거기 근무하는 친구 말에 따르면 편 부사장이 요즘 한창 자랑을 하고 다닌다고 하네요."

"뭘 자랑해?"

"김재익 경제수석이 자신과 동문이라고."

"응? 김재익?"

"그 사람하고 자신이 하와이 대학 동문이라고 회장님한테 는 물론 주변 사람들에게까지."

"그래서? 한번 만나기는 했대?"

"아직 만나지는 못한 모양이에요. 그렇지만 곧 만날 것이라 고 큰소리치고 다닌다 하네요."

"그렇게 되면 회사로서도 좋은 일 아닌가?"

"실장님은 질투도 안 나세요?"

"질투 날 게 따로 있지. 내가 왜 질투를 해?"

"대인배이시네요. 아니면 그런 척하는 거든지."

"됐고. 그룹 차원에서는 이용할 수 있는 게 있으면 최대한 이용하는 게 좋아. 사람이든, 자원이 되었든."

"아이고, 나는 모르겠다. 둘 사이가 안 좋다고 그러기에 나는 열심히 알려준 건데……"

"전혀 그렇지 않으니 신경 쓰지 마."

"쳇!"

이 양이 다 마시지도 않은 커피 잔을 들고 자신의 자리로 돌아가자 태호는 내심 웃음 짓고 있었다.

어둠 속에서 화살이 날아오는지도 모르고 동문 자랑이나 하는 그가 실로 가소로웠기 때문이다.

『재벌 닷컴』 2권에 계속…

초대형 24시 만화방

신간 100%, 샤워실, 흡연실, 수면실(침대석), 커플석, 세탁기 완비

▪ 광명 광명사거리역점 ▪

경기도 광명시 오리로 986 광명사거리역 6번 출구 앞 5층
02) 2625-9940 (솔목타워 5층)

▪ 강북 노원역점 ▪

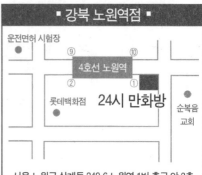

서울 노원구 상계동 340-6 노원역 1번 출구 앞 3층
02) 951-8324 (화용빌딩 3층)

▪ 일산 정발산역점 ▪

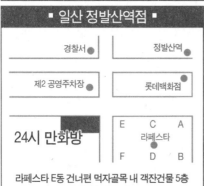

라페스타 E동 건너편 먹자골목 내 객잔건물 5층
031) 914-1957

▪ 일산 화정역점 ▪

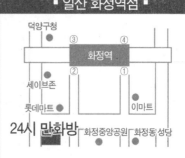

경기도 고양시 덕양구 화정동 984번지 서일빌딩 7층
031) 979-4874 (서일사우나 건물 7층)

▪ 부천 역곡역점 ▪

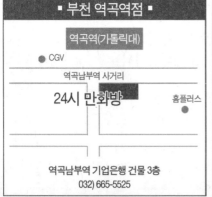

역곡남부역 기업은행 건물 3층
032) 665-5525

▪ 부평역점 ▪

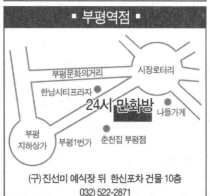

(구)진선미 예식장 뒤 한신포차 건물 10층
032) 522-2871

이계진입 리로디드

임경배 퓨전 판타지 소설

FUSION FANTASTIC STORY

『권왕전생』 임경배의 2015년 신작!

『이계진입 리로디드』

**왕의 심장이 불타 사라질 때,
현세의 운명을 초월한 존재가 이 땅에 강림하리라!**

폭군으로부터 이세계를 구원한 지구인 소년 성시한.
부와 명예, 아름다운 연인…
해피엔딩으로 이야기는 끝인 줄 알았건만
그 대가는 지구로의 무참한 추방이었다.
그리고 10년 후……

"내가 돌아왔다! 이 개자식들아!"

한 번 세상을 구한 영웅의 이계 '재'진입 이야기!

Book Publishing CHUNGEORAM

유행이 아닌 자유추구 -
WWW.chungeoram.com

FUSION FANTASTIC STORY

설경구 장편소설

저니맨 김태식

한 팀에서 오래 머물지 못하고
이 팀, 저 팀을 옮겨 다니는
저니맨(Joruney man)의 대명사, 김태식!
등 떠밀리듯 팀을 옮기기도 수차례.

"이게… 나라고?"

기적과 함께 그의 인생에 찾아온 두 번째 기회!

"이제부터 내가 뛸 팀은 내 의지로 선택한다!"

더 이상의 후회는 없다!
야구 역사를 바꿔놓을
그의 새로운 야구 인생이 펼쳐진다!

Book Publishing CHUNGEORAM